34
0,99

Ausradiert - Nicht ohne meine Tochter

Ausradiert - Nicht ohne meine Tochter
Thriller
Print-Ausgabe • Dezember 2012
ISBN: 978-1-481162-69-2

Herausgeber: Andreas Adlon

andreas.adlon@facebook.com
www.facebook.com/ThrillerAutor

Titelbildgestaltung: Kristina Kesselring

Andreas Adlon

Ausradiert
-
Nicht ohne meine Tochter

Thriller

Die vorliegende Handlung ist frei erfunden. Übereinstimmungen mit Personen wären zufällig und sind nicht beabsichtigt.

Teil 1

Kapitel 1

Der mehr als zehnstündige Transatlantikflug von Hamburg nach Seattle mit Zwischenlandung in London Heathrow sollte bald zu Ende sein. An einem sonnigen Juni-Morgen erkannte Mark Bornke die Skyline der Metropole des Bundesstaates Washington. Seattle war nicht nur berühmt für die Weltunternehmen Microsoft und Amazon, die ganz in der Nähe ihren Sitz hatten, sondern für seine unvergleichlich schöne bewaldete Landschaft am Pazifik.

Obwohl Mark einige Stunden hatte schlafen können, spürte er die Müdigkeit in seinen Knochen, als die Maschine mit quietschenden Reifen aufsetzte. Wenn man in westliche Richtung flog, war der Jetlag nicht ganz so schlimm. Einfach möglichst lange wach bleiben am Tag der Ankunft, und dann hatte man die Zeitverschiebung einigermaßen überwunden. Das wusste Mark aus seinen früheren Reisen in die USA.

Mark freute sich auf das Wiedersehen mit seiner Tochter Jana. Sie hatte im Mai ihren 16. Geburtstag im Kreise ihrer Gastfamilie in Belfair, einem verschlafenen Nest eine Autostunde entfernt von Seattle, gefeiert. Mark hatte den Kontakt zu seiner Tochter über die Videotelefonie Skype gehalten. Trotz zwischenzeitlicher Probleme im fernen Amerika schien sie sich sehr wohlzufühlen. Mark war mächtig stolz auf seine Tochter gewesen, als sie mit gerade mal 15 Jahren im August letzten Jahres das Austauschjahr begann.

Nach einem Jahr konnte Mark es kaum erwarten, sein lange zuvor gegebenes Versprechen einzulösen. Eine Rundreise durch den Südwesten der USA sollte die Krönung oder besser die Belohnung für die Leistungen von Jana sein. Die Reise war sorgsam geplant, die Flüge von Seattle Tacoma nach San Francisco im Internet gebucht worden. Von dort aus sollte es mit dem Mietwagen über den berühmten Highway One, oder auch Pacific Coast Highway genannt, nach Los Angeles gehen. Die Idee kam Mark, als er Jana noch in Deutschland fragte: »Na, wie findest du es nun, dass du nach Seattle kommst?«

»Eigentlich ganz cool, schließlich sind dort die Twilight-Filme gedreht worden. Aber ich hätte mir lieber einen Sonnenstaat gewünscht.«

»Hmm…«, Mark überlegte kurz. »Was hältst du denn von Kalifornien?«

»Kalifornien ist ja mal richtig cool.«

»Na also, dann fliegen wir nach deinem Austauschjahr einfach dorthin.«

»Ehrlich? Wie geil ist das denn?«, antwortete Jana völlig aus dem Häuschen.

Der internationale Flughafen Seattle Tacoma gehörte nicht zu den größten Flughäfen der USA, dennoch brauchte Mark 20 Minuten, bis er an das Gepäckausgabeband gelangte. Vorher ließ er die üblichen Einreiseprozeduren über sich ergehen: Foto, Fingerabdrücke von beiden Daumen und der übliche small-talk: ‚Was wollen Sie hier? Wo werden Sie wohnen? Fliegen Sie auch ganz sicher wieder zurück?‘ Am liebsten hätte er gesagt: »Hören Sie, ich komme aus dem Jemen und habe anstatt einer Unterhose eine Bombe an!« Da die Amerikaner in solchen Dingen keinen Spaß verstanden, unterließ Mark diesen schlechten Scherz.

Als er endlich seinen großen Trolly in Empfang genommen hatte und zum Ausgang schlenderte, wunderte er sich, dass er weder Jana noch ihre Gastmutter sah.

Mark überragte mit seinen stattlichen zwei Metern Körpergroße die meisten Fluggäste im Flughafen. Seine dunkelblonden, lockigen Haare verliehen ihm trotz seiner 41 Jahre ein spitzbübisches, fast jugendliches Aussehen. Komisch, sie wussten genau, wann sein Flieger gelandet war, und es war abgemacht, dass sie ihn mit dem Auto abholten. Wahrscheinlich hatten sie sich einfach nur verspätet.

Er wählte ihre Handynummer. »The number you have dialed is temporary not available…«. War es ausgeschaltet oder befand sie sich nur in einem Funkloch? Sollte es ja auch in Amerika geben. Mark beschloss, erst einmal abzuwarten, schließlich hatte er sich so auf das Wiedersehen nach fast einem Jahr gefreut. Unruhig ging er in der Ankunftshalle auf und ab. Neidisch sah er dabei auf eine Familie, die sich lautstark, fast bühnenreif, in die Arme fiel. Ein glücklicher Familienvater schien von einer langen Geschäftsreise zurückgekehrt zu sein.

Nach ca. 20 Minuten ging Mark schließlich zum Infoschalter. Eine junge, top gestylte Mitarbeiterin sah ihn mit einem strahlenden Lächeln an und fragte, wie sie ihm helfen könnte.

»Hallo, mein Name ist Mark Bornke, ich komme gerade aus Deutschland. Haben Sie vielleicht eine Nachricht für mich von meiner Tochter Jana Bornke?«

»Können Sie Ihren Namen buchstabieren?«, fragte sie mit piepsiger, fast singender Stimme. Mark tat dies.

»Nein, tut mir leid, mein Herr, unter diesem Namen kann ich nichts finden, auch nichts unter Jana Bornke. Kann ich sonst noch etwas für Sie tun?«

»Ähm…«. Er überlegte kurz. Vielleicht hatte sie ja eine E-Mail geschrieben oder etwas auf Facebook hinterlassen. »Ja, haben Sie vielleicht hier am Flughafen drahtlosen Internetzugang?«

»Ja, natürlich. Gehen Sie da vorne den Gang runter…«, sie zeigte in die entsprechende Richtung, »…ganz am Ende links können Sie die Zugangsdaten kaufen.«

»Vielen Dank. Falls meine Tochter oder ihre Gastfamilie sich melden: Hier haben Sie meine Kontaktdaten«, sagte Mark, zog seine Visitenkarte aus seinem Portemonnaie und gab sie der Dame vom Informationsschalter.

Nachdem er sich die WLAN-Zugangsdaten besorgt hatte, fuhr er seinen Laptop hoch. Warum tauchte Jana nicht auf? Wenn etwas dazwischen gekommen wäre, könnte man doch anrufen. Oder hatte er ihr versehentlich falsche Daten gesandt, einen falschen Anreisetag oder einen anderen Zeitpunkt?

Endlich hatte er Internetverbindung. E-Mails checken – keine Nachricht von Jana. Er sah unter seinem ‚Gesendet-Ordner' nach, er hatte ihr die Bestätigungsmail der Fluggesellschaft kommentarlos weitergeleitet. Sie hatten gefühlte fünfzig Mal über diesen Tag gesprochen. Verständnislos sah Mark auf die Armbanduhr: 4:23 p.m. Vor über einer halben Stunde war er gelandet.

»Was soll's – fahre ich eben mit dem Taxi zu ihren Gasteltern, die Adresse habe ich ja«, dachte sich Mark.

Am Ausgang des Flughafens warteten die geschäftstüchtigen Taxifahrer und boten ihren Service an. Um die 60 Dollar sollte eine Fahrt nach Belfair kosten. Ein asiatisch aussehender, untersetzter Taxifahrer sagte in nicht ganz einwandfreiem Englisch: »Kein Problem, ich kenne Ort. Nehme Gepäck, steigen ein.«

Mark hatte keinen Blick für die unvergleichlich schöne, hügelige Landschaft. Er sah zwar die dicht bewachsenen immergrünen Bäume, nahm sie aber nicht wirklich wahr. Um die atemberaubende Schönheit genießen zu können, fehlte ihm die Gelassenheit. Seine Gedanken waren bei seiner Tochter. Hatten sie etwa einen Verkehrsunfall auf dem Weg zum Flughafen gehabt? Vielleicht lag Jana im Krankenhaus. Woher sollten dann die Ärzte wissen, dass er seinen blonden Engel erwartete?

Diese Ungewissheit machte Mark fast wahnsinnig. Konnte der Taxifahrer nicht schneller fahren als die blöden 60 Meilen in der Stunde?

Nach einer gefühlten Ewigkeit fuhren sie endlich in das Dorf. Mark wunderte sich, dass der Taxifahrer nicht anhielt.

»Nein, nein…«, wies ihn der asiatische Taxifahrer an, »…bleiben sitzen, Adresse, die Sie mir gegeben haben, liegt außerhalb von Dorf im Wald.«

Stimmt, das hatte Jana mal erzählt. Sie wohnten nicht nur »in the middle of nowhere«, wie sie sich ausdrückte, sondern auch noch mitten im Wald. Sie hielt während der Videotelefonie einmal die Kamera Richtung Fenster. Außer Nadel- und Laubbäumen war da nichts zu sehen. Und es regnete wie jetzt auch.

Endlich, das Holzhaus kam in Sichtweite. Ein Stück vor dem Haus erkannte Mark einen dieser typisch amerikanischen, silbernen Briefkästen, bei denen eine rote Flagge aus Metall hochgestellt wird, als Zeichen, dass der Briefträger Post reingelegt hat.

Mark bezahlte den Taxifahrer hektisch mit drei 20-Dollarscheinen plus einem Trinkgeld von zehn Dollar. Dieser bedankte sich artig, holte das Gepäck aus dem Kofferraum und sauste davon, dass der Rollsplitt nur so hochflog.

‘Pat & Ken Belamy‘ stand auf einem Schild neben der Klingel. Zumindest war er hier schon mal richtig. Mark klingelte zweimal. Zuerst dachte er, dass keiner zu Hause sei, aber dann hörte er Geräusche, ein Rumpeln, dann einen schlurfenden Gang. Bevor die Tür geöffnet wurde, wurde Mark zum ersten Mal bewusst, dass er nie mit der Gastmutter oder dem Gastvater geskypt oder telefoniert hatte. Er kannte die beiden nur aus Janas Erzählungen. Der Vater arbeitete als Monteur in Seattle, teilweise auch noch weiter weg, war also selten zu Hause.

Die Tür wurde geöffnet. Vor ihm stand eine kleine, dicke Frau mit Lockenwicklern in den Haaren an der Tür. Sie mochte Ende 40 sein, und falls sie jemals hübsch war, hatte sie ihre besten Tage schon deutlich hinter sich gelassen.

»Ja, bitte?«

»Hallo, Mrs. Belamy, ich bin Mark Bornke, der Vater von Jana.« Mark strahlte und hoffte, dass sich nun alles aufklären würde.

»Mark, who?«, fragte die Frau.

»Mark Bornke aus Deutschland. Wo ist Jana? Sie wollten mich doch abholen vom Flughafen?«

»Hören Sie, ich weiß nicht, was Sie von mir wollen. Bitte verlassen Sie unser Grundstück.«

Mark verstand jetzt gar nichts mehr. An seinen Englischkenntnissen konnte es nicht liegen, die waren hervorragend.

Kapitel 2

Die Insellandschaft aus Flüssen, Seen, Hügeln und jeder Menge Mischwald hätte jeden Norweger an seine Heimat erinnert. Sie zählte, glaubte man den Einheimischen, zum Schönsten, was der nordamerikanische Kontinent zu bieten hatte. Hin und wieder verirrten sich einige Touristen auf die Insel, wobei - ein 450 km langes und 100 km breites Eiland als Insel zu bezeichnen - fast untertrieben wirkte. Lediglich in den beiden großen Städten Victoria und Naimo fand man große Menschenmengen. Der überwiegende Teil von Vancouver Island bestach durch eine dünn besiedelte Naturlandschaft.

Die Sonne schien kraftvoll auf das idyllisch gelegene Blockhaus. Auf dem tiefblauen See reflektierten die Sonnenstrahlen, sie tanzten geradezu auf den Miniwellen.

»Gary? Wo bist du?«, rief das blonde, ungekämmte Mädchen und rieb sich den Schlaf aus den Augen.

»Gary?«, rief sie erneut, diesmal lauter.

»Hätte ja ruhig mal was sagen können«, sagte sie zu sich selbst.

»Und du? Hast du schon Hunger?« Gemeint war Jacko, der Langhaarcollie, der locker die Hauptrolle in der TV-Serie ‚Lassie' hätte spielen können.

Der Angesprochene wedelte mit dem Schwanz, hielt die Zunge raus und hechelte erwartungsvoll. Das Mädchen öffnete eine Dose Hundefutter und verteilte den Inhalt in dem Hundenapf. Zufrieden machte Jacko sich darüber her, während sie in die Ferne schaute.

War das alles richtig gewesen? Sicher, eine Landschaft wie in einem Märchen, eigentlich nicht mit Geld zu bezahlen. Aber es kam alles so überraschend. Sie hatte Gary auf einer dieser High-School-Partys kennengelernt. Er war der Hingucker für jedes Mädchen. Und Gary wählte SIE aus, um sie zum Tanz zu bitten. Groß, bestimmt einen Kopf größer als sie selbst, stark, breitschultrig, schwarzes, gelocktes langes Haar und dazu noch diese irren saphirblauen Augen. Welches Mädchen hätte sich nicht in ihn verliebt?

Sie hatte ihr Glück kaum fassen können, als er sie nach ihrer Handynummer fragte, und wissen wollte, ob sie nicht mal was zusammen unternehmen wollten. Ok, er war vier Jahre älter als sie, schon 20, aber für diesen Mann hätte sie sterben können.

»Na, Jacko, gehen wir am See spazieren?«

Der Collie quietschte und winselte.

»Ach, was du immer hast, ich lege Gary einfach einen Zettel hin.«

Eigentlich sollte Jana schon in Kalifornien sein. Sie hatte sich wahnsinnig auf die versprochene Rundreise gefreut. Als sie vor einer Woche vom Volleyball nach Hause kam, wartete Gary schon bei ihren Gasteltern. Seit zwei Monaten gingen sie miteinander. Er sagte ihr, dass ihr Vater angerufen hätte und er das Gespräch entgegen genommen hätte, weil ihre Gastmutter im Garten den Rasen mähte.

»Baby, dein Vater wird drei Wochen später kommen, ist was Berufliches dazwischengekommen.« Gary schien sich darüber zu freuen. Jana hatte zwiespältige Gefühle, immerhin war alles monatelang geplant gewesen. Aber warum sollte Gary sie anlügen?

»Und die Flüge und das alles?«

»Er hat die Flüge umgebucht und kümmert sich um alles. Du musst halt noch drei Wochen warten.«

»Och Mensch, und ich habe mich so darauf gefreut.«

»Weiß ich doch, aber sieh es positiv, so haben wir noch drei Wochen für uns.« Janas Miene heiterte sich auf.

»Stimmt auch wieder. Was machen wir denn Schönes?«

»Ich entführe dich«, antwortete er gespielt mysteriös.

»Ah, du willst mit mir durchbrennen, wie romantisch«, gab sie lachend zurück.

»Baby, vertraust du mir?« Lächelnd ging sie auf ihn zu, küsste ihn innig, nahm danach sein Gesicht in beide Hände »Das weißt du ganz genau, Honey.«

»Also schön, morgen geht es los, wir segeln mit dem Boot davon…«

»Das ist jetzt nicht dein Ernst, oder? Das wird ja nun doch ganz schön romantisch. Wo geht es denn hin?«, wollte sie wissen.

»Eine Überraschung, Baby, vertrau mir einfach!«

»Mit dir würde ich überall hinfahren«, sagte sie und küsste ihn erneut. »Aber wenn Papa in drei Wochen da ist, sind wir wieder zurück, ja?«

»Versprochen.«

Das war vor einer Woche gewesen. Seitdem hatten sie eine wunderbare Zeit auf Vancouver Island verbracht. Er schien ihr jeden Wunsch von den Lippen abzulesen. Das einzige, was sie störte, war, dass sie hier draußen weder einen Festnetz- noch einen Internetanschluss hatten. Ihr Handy hatte sie zwar eingesteckt, aber sie konnte ihr Ladekabel nirgends finden. Dabei war Jana so sicher, dass sie es in Seattle eingesteckt hatte.

***

Ehe Mark noch etwas einwenden konnte, hatte die übergewichtige Frau die Tür schon zugemacht. Er klingelte und klopfte.

«Mrs. Belamy, bitte öffnen Sie die Tür!«

Keine Reaktion. Was sollte das Ganze? Hatte er sich in der Adresse geirrt? Hektisch kramte Mark in seiner Jacke und holte seine Brieftasche heraus. Vor lauter Aufregung fiel ihm diese runter. Nachdem er drei herausgefallene Visitenkarten aufgesammelt hatte, fand er endlich den Notizzettel mit der Adresse:

Jana Bornke

c/o Ken Bellamy

PO-Box 1235

Belfair, WA 98528

USA

Okay, die Straße war nicht aufgeführt, sondern nur ein Postfach. Gab es etwa mehrere Städte oder Dörfer mit dem Namen Belfair im Bundesstaat Washington? Und war ‚Belamy' ein häufiger Name in den USA?

Mark wünschte sich in diesem Moment, Hauptfigur in 'Verstehen Sie Spaß?' zu sein. Bestimmt käme Jana gleich hinter dem Haus hervor und rief: »Huhu, reingefallen.«

Nichts dergleichen passierte. Im Haus wurden sogar die Vorhänge zugezogen, wohl zum Zeichen der Abschottung, als wollte die komische Frau Belamy ihm nochmal sagen:

»Verschwinden Sie!«

Mark wählte erneut Janas Mobiltelefonnummer. Wieder nur diese dämliche Ansage, dass sie derzeit nicht erreichbar sei. Er schickte ihr eine SMS, dass sie sich unbedingt melden sollte, sobald sie das lesen würde.

Bleierne Müdigkeit stieg in Marks Kopf, die Zeitverschiebung forderte ihren Tribut. Er konnte nicht mehr klar denken. Sein Gehirn arbeitete wie im Zeitlupenmodus. Es musste doch ein Missverständnis vorliegen. Hier vor der Tür stehenzubleiben, machte keinen Sinn. Am Ende rief diese Belamy noch die Polizei. Mark nahm sein Smartphone und bestellte sich ein Taxi. Als es endlich da war, sagte er entnervt:

»Fahren Sie mich einfach zum nächst gelegenen Hotel.«

»Ok, Sir, das ist das Belfair Motel, keine 15 Autominuten von hier.«

»Haben die dort WLAN-Anschluss?«

»Soviel ich weiß, ja, haben die Motels heutzutage doch alle.«

Während der Fahrt fiel Mark in einen Sekundenschlaf, schreckte hoch und hatte ein verdammt schlechtes Gewissen. Wie konnte er jetzt schlafen, wenn er keinen Plan hatte, was mit seiner Tochter los war?

Im Hotel angekommen, nahm er sich ein Zimmer und fuhr seinen Laptop hoch. Was hatte er nur übersehen oder falsch gemacht?

E-Mails und soziale Netzwerke hatte er doch schon am Flughafen gecheckt. Da fiel ihm ein, Jana hatte doch extra einen Blog eingerichtet. Sie wollte nicht direkt mit ihrem Vater bei Facebook verbunden sein. Schließlich sollte er nicht alles mitbekommen. Das war für Mark völlig ok. Seit Februar aktualisierte sie diesen Blog nicht mehr. Deswegen hatte Mark am Flughafen gar nicht mehr daran gedacht. Mark rief diesen Blog auf.

Letzte Aktualisierung vor sechs Tagen.

»Eine romantische Überraschung wartet auf mich.«

Dazu eine Musikdatei. Mark drückte auf Play: ‘Sail away‘ von Enya ertönte.

»Was soll das denn heißen?«, hörte Mark sich selbst schreien. Ist sie etwa segeln gegangen, obwohl wir unseren gemeinsamen Urlaub seit Monaten geplant haben? So etwas würde sie nie machen. Zumindest hätte sie mir doch Bescheid gesagt. Es sei denn, sie konnte nichts mehr sagen…! Mark wollte diesen Gedanken nicht weiterdenken. Was, wenn sie entführt worden war und nur Zeit für einen versteckten Hinweis gehabt hatte? Aber warum tat Frau Belamy so, als wäre Jana nie dagewesen?

Mark tippte das Wort ‚Belfair' bei ‚google maps' ein. Es gab tatsächlich noch ein weiteres Belfair, allerdings in SC, das stand für South Carolina.

Es war die richtige Adresse: Belfair im Bundesstaat Washington. Schließlich hatte er ihr zum Geburtstag aus Deutschland ein Trikot geschickt, über das sie sich unheimlich gefreut hatte. Folglich war es auch angekommen.

Mark schrieb ihr eine kurze E-Mail und eine Nachricht über Skype: »Bitte melde dich bei deinem Vater!«

Jana wuchs bei ihrer Mutter in München auf. Zwischen ihm und seiner Ex gab es seit Jahren keinen Kontakt. Wenn, dann nur indirekt über das Jugendamt, als es um Unterhaltszahlungen ging. Janas Mutter wollte er allenfalls anrufen, wenn alle anderen Informationsmöglichkeiten ausgeschöpft worden wären, außerdem - in Deutschland war es mitten bereits in der Nacht.

Es half nichts, er brauchte einen klaren Kopf. Ausgeschlafen würde sich alles als Missverständnis herausstellen. Bestimmt.

Obwohl er hundemüde war, wälzte er sich x-mal hin und her, bevor er in einen tiefen Schlaf fiel.

***

Mark wachte völlig verschwitzt auf, schreckte hoch, wusste im ersten Moment nicht, wo er war. Ein Alptraum? Er und Jana befanden sich in einem Motel kurz vor Los Angeles. An diesem Tag wollten sie nach LA fahren, um Disneyland zu besuchen. Ein lang ersehnter und oft geäußerter Wunsch seiner Tochter. Als sie beide ins Auto wollten, konnte er sie nicht mehr finden. Moment, Moment, wo war sie?

Mark öffnete die Tür seines Hotelzimmers. Dann erinnerte er sich an die Ereignisse oder besser das fehlende Ereignis von gestern. Seine Tochter war verschwunden –

A U S R A D I E R T.

Mark ging wieder ins Motelzimmer, zog das verschwitzte weiße T-Shirt und den Slip aus und duschte. Das Wasser stellte er so heiß, dass es wehtat, als wollte er sich selbst für etwas bestrafen. Aber er hatte nichts Unrechtes getan. Mark versuchte, die Verpackung des hoteleigenen Duschgels zu öffnen. Es war viel zu rutschig.

»So ein Scheiß!«, brüllte er, warf die Probe in die Ecke, drehte das Wasser ab und trocknete sich die Hände am flauschigen, schneeweißen Handtuch ab. Mit trockenen Fingern ließ sich schließlich die blöde Verpackung aufreißen. Er schrubbte sich, als wollte er sich den ganzen verdorbenen Tag von gestern vom Körper waschen.

Nachdem er sich gründlich rasiert und die Zähne geputzt hatte, checkte er E-Mails und SMS – nichts Neues.

Mark verfügte weder über den Namen noch über die Kontaktdaten der Austauschorganisation. Das war nachlässig von ihm gewesen, diese nicht von Jana anzufordern. Ihm graute davor, Janas Mutter anzurufen. Sie würde ihm sofort die Schuld geben für das Verschwinden, auch ohne dass ihn wirklich die Schuld traf. So war sie halt.

Zehn Uhr morgens an der Westküste bedeutete 19 Uhr in Deutschland. Es half nichts, er wählte die Nummer von Cornelia.

»Wie, was soll das heißen, sie ist nicht da? Sie muss da sein!«, schallte es aus dem Smartphone, als Mark nach einer kurzen Begrüßung den Sachverhalt geschildert hatte.

»Ich verstehe das doch auch nicht.«

»Dann kümmere dich gefälligst darum. Du wolltest ja unbedingt diese tolle Rundreise mit Jana machen…«

»Cornelia, jetzt bitte keine Szene«, unterbrach Mark.

»Ich soll mich nicht aufregen? Meine Tochter ist verschwunden, was erwartest du von mir? Soll ich sagen: Super, Mark, weiter so, oder wie?«

»Gib mir einfach die Kontaktdaten der Organisation.«

»Ich rufe da selbst an. Du kriegst dann eine Mail von mir.«

Zack, einfach aufgelegt. Mark schüttelte nur den Kopf. Anstatt konstruktiv nach Lösungen zu suchen, wurde mit Vorwürfen um sich geschmissen. Er hatte mindestens genauso viel Angst um IHRE Tochter. Ihn für ihr Verschwinden verantwortlich zu machen, war schon ein starkes Stück.

An der Rezeption erkundigte sich Mark nach dem nächsten Polizeirevier. Es sei leicht zu finden und bequem zu Fuß zu erreichen, gab die freundliche junge Dame an der Rezeption bereitwillig Auskunft. Ohne dass Mark noch etwas gesagt hätte, zückte sie einen Stadtplan und einen Stift und malte eifrig darin herum. Ob ihm etwas gestohlen worden wäre im Hotel, wollte die Frau am Ende wissen. Mark verneinte, bedankte sich und machte sich auf den Weg zur Polizei.

Seine Gedanken gehörten seiner Tochter. Er sah nicht die idyllischen kleinen Souvenirläden der Kleinstadt. Allenthalben wurde die Halbinsel Ketsip als Naherholungsgebiet mit wunderschönen Wanderwegen beworben, auf der sich auch Belfair befand. Hatte Jana einen Unfall gehabt und man versuchte, diesen zu vertuschen? Aber das machte doch gar keinen Sinn. Es gab genügend Nachweise, dass sich Jana die letzten Monate hier aufgehalten hatte.

Die Tür quietschte, als Mark die überschaubare Polizeistation betrat. Das beige Holzhaus, das mal wieder einen Anstrich verdient gehabt hätte, erinnerte ihn an Filme aus dem Wilden Westen. Fehlte nur noch der Dorf-Sheriff. In der Ecke saß ein grauhaariger Mann in schwarzer Uniform, der kurz vor der Pensionierung stehen musste, vertieft in einen Bildschirm. Zumindest das Computerzeitalter hatte dieses Kaff nicht verpasst.

»Einen Moment noch…«, sagte der Officer, ohne auch nur in Marks Richtung zu schauen, »…ich bin gleich für Sie da.«

In aller Ruhe stand der untersetzte und leicht übergewichtige Mann auf, ging erst einmal in die andere Ecke des Raumes und goss sich einen Kaffee ein. Als er dann endlich am provisorischen Tresen angekommen war, sagte er in tiefer Tonlage und mit rauchiger Stimme:

»Nun, was kann ich für Sie tun?«

»Ich möchte eine Vermisstenanzeige aufgeben!«

»So? Wen vermissen Sie denn?«

»Meine Tochter, sie ist seit August letzten Jahres als Austauschschülerin aus Deutschland in Belfair.«

Auf dem langärmeligen Hemd des Polizisten konnte Mark das Namenszeichen ‚Sgt. Donnely' lesen.

»Wann haben Sie sie zuletzt gesehen?«, fragte der Officer und legte die Stirn in Falten.

»Vor über einem Jahr. Warum ist das denn wichtig? Sie ist verschwunden.«

»Wie alt ist Ihre Tochter denn?«

»Sie ist im Mai 16 geworden.«

»Und ihr Name?«

»Jana Bornke.«

»Wissen Sie…«, holte Officer Donnely zu einem Vortrag aus, »…es kommt öfter vor, dass Jugendliche in dem Alter mal eine Nacht wegbleiben, ohne Bescheid zu geben.«

»Sie verstehen nicht, Officer. Die Gastmutter behauptet, dass sie meine Tochter gar nicht kennt!« Entrüstet holte Mark die Adresse aus seiner Brieftasche.

»Schauen Sie selbst, hier hat sie fast ein Jahr lang gewohnt.« In dem Moment klingelte das Telefon.

»Moment mal«, sagte der Polizist und ging an den Apparat. Mark hätte ausflippen können. Quälend lang unterhielt er sich über Belanglosigkeiten, wahrscheinlich mit seiner Frau. Er legte auf und schien verwirrt.

»So, wo waren wir stehengeblieben?«

Genervt schoss es aus Mark heraus: »Ich habe Ihnen erklärt, dass meine Tochter fast ein Jahr lang bei ihrer Gastmutter in Belfair als Austauschschülerin gelebt hat.«

»Richtig, und wo ist das Problem?« »Jana wollte mich vom Flughafen abholen, zusammen mit ihrer Gastmutter, aber sie ist dort nicht aufgekreuzt. Dann bin ich mit dem Taxi zu ihren Gasteltern gefahren«, sagte Mark und zeigte auf das Papier mit der Adresse drauf.

»Und?«

»Die Frau, Pat Belamy, behauptet, sie kennt meine Tochter gar nicht, und ich solle verschwinden.«

»Hä? Das verstehe ich nicht.«

»Ich eben auch nicht.«

»Ich kenne Mrs. Belamy, und sie hat auch eine Austauschschülerin gehabt dieses Jahr, aber die kam aus Schweden. Linda Ekstroem, ein ganz aufgewecktes Mädel. Sie sagten, Sie kommen aus Deutschland, oder?«

»Ja. Jetzt verstehe ich bald gar nichts mehr. Sie hat Monate bei dieser Mrs. Belamy gelebt, und nun erzählen Sie mir, die hätten eine schwedische Austauschschülerin?«

»Wahrscheinlich ist das alles nur ein Missverständnis.«

Mark hatte Schwierigkeiten, die Contenance zu wahren.

»Das will ich für Sie hoffen. Officer…«, Mark schaute nochmal auf das Namenschild, »…Donnely!«

»Hey, werden Sie mal nicht unverschämt, ja? Das mögen wir hier gar nicht. Jetzt mal ganz ruhig. Ich nehme Ihre Daten auf, und dann werden wir der Sache mal nachgehen.«

Nachdem der pflichtbewusste Polizist die persönlichen Daten von seiner Tochter und eine detaillierte Personenbeschreibung von ihm aufgenommen hatte, fragte er:

»Haben Sie vielleicht ein Bild von Ihrer Tochter?«

Mark griff in seine Brieftasche und nahm das Bild, das er seit einem Jahr immer bei sich trug, heraus: »Das ist sie, kurz vor ihrem Abflug in die Staaten.«

»Wie heißt denn die Austauschorganisation?«

»Den Namen habe ich nicht. Jana lebt bei ihrer alleinerziehenden Mutter, sie hat die ganzen Daten und wird sie mir zumailen.« Officer Donnely zückte seine Visitenkarte:

»Leiten Sie die Daten einfach an mich weiter.«

»Können Sie wenigstens die umliegenden Krankenhäuser anrufen und fragen, ob Jana eventuell dort liegt?«

»Das erfolgt sowieso routinemäßig durch die gerade aufgenommene Vermisstenmeldung.«

»Danke, bitte verständigen Sie mich sofort, wenn Sie etwas wissen, meine Daten haben Sie ja.«

»Selbstverständlich.«

Wie vor den Kopf gestoßen fühlte sich Mark, als er die Straße zurück zum Hotel ging. Er konnte sich das alles nicht erklären. Jana hatte definitiv hier gelebt. Als er aufsah, traute er seinen Augen nicht: Jana – sie ging ca. zehn Meter vor ihm. Etwa 1,75 groß, schlank, lange, leicht gewellte Haare, eine enge Jeans und eine schwarze Lederjacke, eindeutig Janas Lederjacke. Mark rannte sofort los. Kurz bevor er sie erreicht hatte, rief er: »Jana« und fasste sie an die Schulter. Ein kurzer, schriller Schrei. Sie drehte sich ruckartig um und schaute ihn verständnislos an.

»Hey, was wollen Sie von mir?«, fragte das Mädchen in typisch amerikanischem Akzent. Als sie den Kopf gedreht hatte, wusste auch Mark, dass dieses Mädchen nicht Jana war.

Aber wo zum Teufel steckte sie?

Kapitel 3

Selbst Anfang Juli stiegen die Temperaturen nicht weit über 20 Grad Celsius auf Vancouver Island. Aber die Sonne geizte nicht mit ihren Strahlen, bereits morgens kitzelte sie auf der Haut und verbreitete ein wohliges Gefühl. Gary fuhr mit dem gemieteten, knallroten Jeep den Waldweg hinauf zum Blockhaus.

»Honey, warum sagst du denn nichts, wenn du einkaufen fährst?«, rief ihm Jana entgegen, als er die Autotür öffnete.

Jacko forderte als Erstes sein Recht und sprang sein Herrchen an. Lässig grinsend stieg er aus, kraulte den aufgeregten Hund, ging auf sie zu und küsste sie zur Begrüßung zärtlich.

»Baby, du hast noch so süß geschlafen, da wollte ich dich nicht wecken.«

»Das ist lieb von dir, aber trotzdem wüsste ich gerne, wo du steckst und wann du ungefähr zurück bist.«

»Jetzt bin ich ja da. Schau, was ich eingekauft habe«, sagte Gary stolz und öffnete die Heckklappe.

»Ahh, dann grillen wir heute Abend wohl, wie?« Während Jana in den Besorgungen wühlte, nahm Gary eine langstielige rote Rose vom Beifahrersitz und hielt sie Jana vor die Nase.

»Für meinen Sonnenschein.«

»Du bist so süß, weißt du das, Gary Winslow?«

Gary hatte die High-School mit Bestnoten abgeschlossen und studierte nun Medizin an der University of Washington in Seattle. Das Lernen schien ihm leicht zu fallen, weil er genügend Zeit für sein liebstes Hobby hatte: Die Musik. Er gründete mit drei Freunden die Band ‚The Maniacs'. Der große Durchbruch ließ noch auf sich warten, aber rein äußerlich verkörperte Gary so ziemlich jedes Klischee eines Rockstars. Ganz besonders vernarrt war Jana in das schwarz-rote Drachentattoo auf seiner linken Brust.

Als die beiden vergnügt die Einkäufe ins Haus trugen, fragte Jana:

»Hast du irgendwo mein Ladekabel gesehen?«

»Das Ladekabel für dein Handy?«

»Ja, genau.«

»Ist es denn nicht in deinem Rucksack?«

»Eben nicht, habe schon alles durchgewühlt. Wahrscheinlich habe ich Schussel es doch vergessen. Gibst du mir mal bitte deins? Ich möchte meinem Vater eine SMS schreiben.«

»Klar, liegt im Auto, aber hier draußen haben wir eh keinen Empfang.«

»So ein Mist. Einen entlegeneren Ort hättest du dir wohl nicht aussuchen können, was?«, fragte Jana mit gespielt spöttischer Miene.

»Baby, dieses Blockhaus gehört meinem Großvater, das weißt du genau. Dein Vater kommt doch erst in zwei Wochen.«

»Ich sag ja schon gar nichts mehr. So haben wir doch noch Zeit für uns, ne?« Gary nahm sie in seine Arme.

»So mag ich dich, Baby.«

»Was stellen wir denn noch so an, bevor wir grillen, Honey?« fragte Jana mit laszivem Augenaufschlag.

»Wir könnten schwimmen gehen.«

»Boah, das ist mir viel zu kalt, aber ich schaue meinem Rockstar gerne zu.« Das ließ Gary sich nicht zweimal sagen. Er zog kurzerhand sein T-Shirt, seine Blue Jeans und seinen Slip aus, rannte über den wenige Meter langen Holzsteg und sprang kopfüber in den See.

Jana ging ihm nach, nachdem sie ein flauschiges weißes Handtuch aus der Hütte geholt hatte, und setzte sich auf den Holzsteg. Obwohl sie ihn nicht zum ersten Mal nackt sah, konnte sie sich gar nicht satt sehen an seiner makellosen Figur.

Ausgesprochen lässig benutzte Gary die Treppe, nahm das Handtuch entgegen und trocknete sich ab, als wollte er sich ihr präsentieren.

»Gefällt dir, was du siehst?«

»Frag nicht so blöd.« Gary legte sich das Handtuch um die Hüfte, setzte sich und legte den Arm um sie.

»Warum kann das nicht immer so sein?«

»Wünschst du dir das?«

»Ja, sehr.«

Gary grinste still und zufrieden vor sich hin.

***

Mark schaute auf eine weiße hässliche Tapete mit braunen Blumenmustern, ein buntes Bild hing an der Wand, auf dem er nicht erkennen konnte, was es eigentlich darstellen sollte. Es machte auch gar keinen Sinn, minutenlang auf diese Wand in seinem Hotelzimmer zu starren. Er knetete abwechselnd die Finger seiner linken Hand, dann die Finger seiner rechten Hand durch. Als ob die Finger etwas dafür konnten, dass er zum Nichtstun verdammt war.

Was konnte er denn noch tun, außer zur Polizei zu gehen? Die Krankenhäuser wurden ja laut Aussage des Dorfpolizisten automatisch abgefragt. Wenn er nicht bald etwas unternehmen könnte, würde er noch durchdrehen, das wusste Mark. Irgendjemand musste sie doch kennen. Die High School zum Beispiel. Er kannte noch nicht mal den Namen dieser Schule, wusste nur, dass Jana eine halbe Stunde mit dem Bus dorthin gebraucht hatte. Außerdem hatten die jetzt Ferien. Das Schuljahr hatte am 23. Juni geendet. Das klingelnde Handy riss Mark aus seinen Gedanken.

»Bornke«

»Hier spricht Sheriff Donnely vom Mason County Sheriff's Office. Sie waren heute bei mir.”

«Ja, richtig.”

«Wo sind Sie jetzt, Mr. Bornke?«

»In meinem Zimmer im Belfair Motel.«

»Warten Sie dort auf mich, ich hole Sie gleich mit meinem Dienstwagen ab.« Ehe Mark nach etwas fragen konnte, hatte der Sheriff schon aufgelegt.

Kaum im Polizeiauto sitzend, fragte Mark ganz aufgeregt:

»Und? Haben Sie Jana gefunden?«

»Ja, ich fahre Sie jetzt direkt zum Krankenhaus.«

»Aber was ist mit ihr, ist sie schwer verletzt?«

»Ich kann Ihnen leider nichts Näheres dazu sagen. Es geht ihr aber den Umständen entsprechend gut, meinte einer der Ärzte. Unsere Routineabfrage bei den Krankenhäusern brachte einen Treffer.«

»Ok, wie weit ist es zum Krankenhaus?«

»Keine 20 Minuten mit dem Auto. Es liegt in Tacoma.«

Nachdem sie die Einfahrt zum Krankenhausgelände passiert hatten, sah Mark die Aufschrift:

Multi Care Mental Home Tacoma

Oh Gott, dachte Mark, hoffentlich hat sie keine Hirnverletzungen. Vielleicht ein Verkehrsunfall.

Das weiß-graue Krankenhausgebäude wies lediglich sechs Stockwerke auf und ähnelte mehr einem Hotel als einem typisch amerikanischen Krankenhaus. Die vor dem Gebäude wehende amerikanische Flagge interessierte Mark nicht die Bohne. Obwohl das Gebäude von außen relativ klein aussah, hatte es erstaunlich viele und vor allem lange Gänge, jedenfalls erschien es Mark so. Oder befanden sie sich schon unter der Erde?

Endlich erreichten Sheriff Donnely und Mark das Zimmer von Dr. Craig Hagerman. Auf dem Türschild stand gar nicht, auf welchem Fachgebiet dieser Arzt tätig war. Letztlich spielte das ja auch keine Rolle, wenn er nur hören würde, dass es Jana gutginge.

Nach kurzem Anklopfen folgte Mark dem Sheriff. Dieser begrüßte den Doktor mit einem kräftigen Händedruck und stellte Mark vor.

»Mr. Bornke, Sie sind also der Vater von Jana?« Der Arzt hielt ihm die Hand zur Begrüßung hin. Mark schüttelte diese.

»Ja, ganz recht. Was ist mit meiner Tochter, geht es ihr gut?«, sprudelte es aus ihm heraus.

»Ach bitte, setzen Sie sich doch.« Widerwillig nahm Mark Platz.

»Wo vermuteten Sie Ihre Tochter genau? Sie kommen aus Deutschland?«

»Na, bei ihrer Gastmutter in Belfair. Was soll diese Fragerei?«

»Und Sie haben ein Mädchen bedrängt, auf offener Straße unsittlich angefasst, und sie mit ‚Jana' angesprochen?«

»Was soll das denn jetzt? Ich dachte, ich hätte sie gesehen. Zufällig. Auf der Straße, ja, aber sie war es nicht…«

Sheriff Donnely schaltete sich ein:

»Er behauptet ferner, seine Tochter hätte im Rahmen eines Schüleraustausches bei Mrs. Belamy gewohnt. Ich kenne diese Frau seit unserer gemeinsamen High-School-Zeit. Sie würde mich nie anlügen. Sie versicherte mir, dass sie dieses Jahr zwar eine Austauschschülerin hatte, aber die kam aus Schweden und ist auch schon wieder zurückgeflogen in ihre Heimat. Das Schuljahr ist ja bereits beendet.«

»Hä, was läuft denn hier?« Mark sah den Sheriff erstaunt an. »Wollen Sie damit sagen, ich lüge?« Dr. Hagermann griff zum Telefon und sagte kurz und knapp:

»Bringen Sie mir bitte den Befund, schnell.« Mark sah fragend zum Arzt, dann zum Sheriff.

»Klärt mich vielleicht mal jemand auf, was hier gespielt wird?« In diesem Augenblick öffnete sich die Tür und zwei kräftige Pfleger in weißen Kitteln stürmten herein.

»Keine Sorge, Herr Bornke, wir kriegen das alles wieder hin mit Ihnen, nur die Ruhe.«

Mark versuchte, sich gegen die harten Griffe der beiden Burschen zu wehren. Er hatte nicht den geringsten Erfolg. Er schrie:

»Was soll die Scheiße, lasst mich los!«

Die Pfleger taten so, als hörten sie das nicht zum ersten Mal. Plötzlich kam ihm das Krankenhausschild wieder in den Sinn. Er war sich nicht sicher, aber stand der Begriff »Mental Home« im Englischen nicht auch für Irrenhaus?

***

Von Brematon über die Port Orchard Bay und den Puget Sound waren Gary und Jana bis hinein in die Salish Sea gesegelt. Die Segelyacht aus Mahagoni hatte Janas Freund von seinem vor zwei Jahren an Krebs gestorbenen Vater geerbt. Gary schien sich nicht nur gut auszukennen, sondern konnte auch hervorragend navigieren. In pechschwarzer Nacht erreichten sie damals während ihrer Überraschungsaktion die Südspitze von Vancouver Island. Kein Zollbeamter bemerkte ihre Ankunft in der kanadischen Provinz British Columbia.

Jana bewunderte ihren Freund, mit dem sie nun schon vier Monate zusammen war. Gewiss, sie mussten nicht über den offenen Pazifik fahren, dennoch fragte sich Jana während der langen Reise, ob denn dieser Trip die richtige Entscheidung gewesen war. Während ihrer Beziehung hatte sie sich immer auf ihn verlassen können. Er war nicht so oberflächlich wie andere Amerikaner, sondern hinterfragte vieles, las ihr die Wünsche von den Augen ab. Vor allen Dingen aber bedrängte er sie nicht und akzeptierte ihre mitunter eigenwillige Meinung.

Selbst bei dem Segeltörn ließ er ihr die Wahl, zu Hause zu bleiben oder dieses Abenteuer zu wagen.

»Dann verpasst du aber das ‚Whale watching‘, und ich spreche hier nicht über das ‚Wale beobachten‘, das man den Touristen zeigt. Ich zeige dir, wie man es von meinem Boot aus bei Sonnenaufgang beobachten kann.« ‚Once in a lifetime experience‘ nannte er es.»Gibt es dort auch Delphine?«

»Klar, man muss nur wissen, wo«, antwortete er stolz.

»Und du weißt, wo?«

»Was glaubst du wohl? Vertrau mir einfach. Aber das ist typisch für dich, ich biete dir das, was jeder Tourist unbedingt sehen will: Wale in freier Wildbahn. Und was willst du? Delphine.« Sie lächelte keck.

»Deswegen liebst du mich doch, oder?«

»Oh ja, Baby, und du ahnst gar nicht, wie sehr.«

Es war noch schöner, als sie es sich immer vorgestellt hatte. Die Delphine schienen sogar mit dem Segelboot spielen zu wollen.

Das war vor genau einer Woche der erste Kontakt von Jana mit der kanadischen Küste gewesen. Gary ankerte routiniert mitten in der Nacht vor Vancouver Island. Sie gönnten sich lediglich vier Stunden Schlaf. Doch der atemberaubende Sonnenaufgang in Verbindung mit dem Erlebnis der in Freiheit schwimmenden Delphine entschädigten Jana. Diesen Augenblick der Magie, die friedliche Atmosphäre mit ihrem Freund in trauter Zweisamkeit erleben zu können – einmalig. Wenn es einen perfekten Moment im Leben gab, dann diesen. Am liebsten hätte sie die Zeit angehalten.

»Das ist ja der absolute Hammer. Ich habe nicht geglaubt, dass es so etwas Schönes geben kann«, flüsterte sie ihrem Freund zu.

»Dachte ich mir doch, dass es dir gefallen würde.«

»Bleiben wir hier an der Küste oder wie sieht der Plan aus?«, fragte sie neugierig.

»Nicht direkt an der Küste, wir werden das Boot festmachen und dann ein paar Meilen ins Landesinnere fahren, an den schönsten See, den du dir vorstellen kannst.«

»Du bist ja so ein Romantiker, Gary«, sagte sie und küsste ihn.

In der Tat hatte Gary nicht zu viel versprochen. Das Blockhaus am See hätte das Zentrum eines kitschigen

Rosamunde-Pilcher-Films sein können. Die ersten Tage konnte sie ihr Glück kaum fassen. Inzwischen fand sie es ein wenig langweilig, wollte sich auch nicht darüber beschweren. Aber so ganz ohne Internet, Telefon und Fernseher?

»Wollen wir nicht mal in die nächste größere Stadt fahren und was erleben, shoppen zum Beispiel?«

»Babe, sind wir uns denn nicht genug?«

»Gary, ich bin total glücklich mit dir, es ist wunderschön. Aber ehrlich gesagt, dauerhaft hier zu sein, das ist nicht mein Ding.«

»Du hältst es nicht mal drei Wochen nur mit mir alleine aus«

» Versteh mich nicht falsch, ich will nicht undankbar sein…« Jana sah ihn mit ihren braunen Rehaugen an.

»Du bist wirklich unglaublich, meine Süße. Also gut, hör zu, morgen machen wir einen Ausflug. Wohin – wird nicht verraten.«

»Wetten, ich kriege das raus?«, fragte Jana kess.

»Keine Chance, Baby, diesmal nicht.«

Jana freute sich riesig auf den nächsten Tag.

Kapitel 4

Mark wachte auf. Dunkelheit! Er hatte keine Ahnung, wo er sich befand, aber warum gab es dort, wo er gerade war, keinen Lichtschalter? Mark fühlte sich benebelt, fast ein wenig berauscht. Er konnte sich nicht erinnern, dass er gefeiert oder Alkohol getrunken hatte. Etwas lag ihm schwer im Magen - oder vielmehr auf der Seele. Er rieb sich die Stirn, kramte in seinem Gedächtnis: Jana war verschwunden!

Als wenn das nicht schon genug wäre, selbst die Polizei schien Teil seines Alptraumes oder einer groß angelegten Verschwörung zu sein. Auch zu Hause mochte Mark es nicht, bei völliger Dunkelheit zu schlafen, wenn er nachts aufwachte, wollte er sofort wissen, ob es draußen hell war, ob es regnete oder schneite. Nach und nach kamen immer mehr Erinnerungen zurück. Zusammen mit diesem merkwürdigen Polizisten war er in ein Krankenhaus gefahren – Stop! »Mental home«, diese beiden englischen Worte sah Mark vor seinem geistigen Auge wie Leuchtreklame auf dem Time Square.

»Die haben dich echt in ein Irrenhaus gesteckt. Das gibt es doch gar nicht!«, sagte er laut. Er konnte außer sich selbst gar nichts hören. Kein fließender Verkehr, kein Kindergeschrei, keine zwitschernden Vögel, einfach gar nichts. Der Raum musste schallisoliert sein. Es roch nach Desinfektionsmitteln. Ein typischer Krankenhausgeruch, dachte Mark.

Vorsichtig setze er sich auf der harten Matratze auf. Mit seinen nackten Füßen konnte er den kalten Fliesenboden fühlen. Mark stellte sich hin, hielt die Hände nach vorne wie ein Blinder, aber das war er ja schließlich momentan auch.

Mit bedächtigen, kurzen Schritten versuchte Mark, den Raum zu erforschen. Ein lautes Scheppern, das der Raum sofort verschluckte, und ein leichter Schmerz an seinem rechten großen Zeh. Er musste gegen die Nachttopfschüssel getreten sein. War er wirklich verrückt geworden?

Mit Sicherheit nicht. Aber mal aus Sicht der Amerikaner gesehen: Wenn man einen Verrückten einsperrte, warum durften Verrückte dann nichts sehen? Oder hatten sie irgendwas mit den Augen gemacht?

Plötzlich schmerzten diese, er nahm beide Hände schützend vors Gesicht, war geblendet, als hätte er direkt in die Sonne gesehen. Unangenehmes Neonlicht. Langsam gewöhnten sich seine Augen an die Helligkeit. Scheinbar hatte irgendeiner sein Aufstehen bemerkt und den Lichtschalter von draußen angeknipst, oder es handelte sich um eine Zeitschaltung, die zu einer bestimmten Uhrzeit an und vielleicht nachts wieder ausgeschaltet wurde.

Mark sah sich um. Au Mann, ein spannender Urlaub wird das hier nicht werden!, dachte er zynisch. Der Raum mochte etwa vier mal vier Meter groß sein. Eine cremefarbene Tür, keine Fenster, ein Krankenhausnachtkästchen, auf dem eine Plastikflasche mit Wasserbecher stand, ebenfalls aus Plastik. Vor seinen Füßen lag der umgestoßene Nachttopf. In der Mitte des Raumes stand ein quadratischer Holztisch, an dem zwei Stühle standen.

»Super Urlaub wird das hier, Jungs!«, rief er laut in den Raum, »da kann ich ja sogar Besuch empfangen.« Sarkasmus würde ihm hier zwar nicht weiterhelfen, aber er musste seine miese Stimmung einfach rauslassen.

Irgendein Zeug hatten sie ihm gespritzt, der stechende Schmerz in seinem Oberarm, dann hatte es nicht lange gedauert, bis er weggetreten war.

Hoffentlich lässt sich mal jemand blicken, dachte Mark, vielleicht könnte es helfen, wenn er ganz vernünftig mit denen sprach, ihnen erklärte, dass er keinesfalls verrückt war oder unter Wahnvorstellungen litt. Er suchte doch nur seine Tochter. Und was sollte das mit diesem ‚unsittlichen' Anfassen des Mädchens? Er hatte sie doch nur für seine Tochter gehalten, weil sie exakt so eine schwarze Lederjacke trug, wie sie Jana aus Deutschland mitgenommen hatte, und auch schulterlange blonde Haare hatte.

Mark kannte sich mit Einweisungen in Klapsmühlen nicht aus, schon gar nicht mit amerikanischen. Aber musste er dazu nicht gehört werden, eine Stellungnahme abgeben? Jeder Schwerverbrecher bekam doch das Recht, sich zu äußern, vor Gericht zumindest. Vielleicht reichte es aber auch aus, wenn aufgrund von Zeugenaussagen ein Arzt bestätigte: ‚Der ist nicht ganz dicht und stellt eine Gefahr für die Allgemeinheit dar.‘

Plötzlich hörte er Geräusche an der Tür – es wurde aufgeschlossen. Eine Pflegerin in einem blauen Kittel kam mit einem Tablett herein, eskortiert von einem bulligen Pfleger. Klar, Personenschutz, er war ja schließlich gemeingefährlich.

»Bitte schön, Ihr Mittagessen«, sagte die Pflegerin, die ihr schwarzes Haar streng zu einem Zopf nach hinten gebunden hatte. Sie mochte ungefähr sein Alter haben, also etwas über 40.

»Wie spät ist es denn?«, fragte Mark. Eigentlich eine einfallslose Frage, aber er wollte so normal wie möglich erscheinen.

»Zehn nach zwölf«, entgegnete die Frau nach einem kurzen Blick auf ihre schlichte Armbanduhr. Seine eigene mussten sie ihm abgenommen haben.

»Wie ist denn Ihr Name?« Immer schön freundlich sein und Nähe schaffen, als Vertriebsleiter für ein amerikanisches Pharmaunternehmen lag ihm das im Blut. Er hielt sich zwar beruflich hin und wieder in der Zentrale in New York auf, sein Vertriebs- und Aufgabengebiet waren vor allem Deutschland, daneben auch Österreich und der deutschsprachige Teil der Schweiz.

»Ich heiße Kati Prescout«, sagte sie wie eine Maschine und schickte sich an zu gehen.

»Einen Moment noch, Mrs. Prescout, bitte…«

Sie hielt kurz inne, drehte den Kopf und sagte kurz und knapp:

»Abendessen gibt es um sechs.« Ehe Mark etwas erwidern konnte, war sie schon verschwunden. Er hörte nur noch die Schließgeräusche.

Obwohl er eigentlich keinen Hunger hatte, stopfte Mark sich widerwillig den pappigen Burger und die viel zu weichen Pommes in sich hinein. ‚Versuche, so normal wie möglich zu sein‘, sagte er sich, ‚dann werden sie schnell einsehen, dass sie einen Fehler gemacht haben‘. Er sah sich in dem kahlen Raum um, konnte kaum noch etwas Neues entdecken. Wenn er sich das Freizeitangebot dieses Zimmers so ansah, dann konnte man sicherlich schnell verrückt werden. Kein Fernseher, kein Buch, keine Zeitung, noch nicht einmal ein Radiowecker. Nichts, um sich die Zeit zu vertreiben. Aber ein Gehirn brauchte doch Futter. Okay, ein irres Hirn vielleicht nicht.

Mark ging auf und ab. Drei Schritte vor, umdrehen, drei Schritte zurück, und das Ganze von vorn. Er brauchte eine Strategie, um nicht den Verstand zu verlieren. ‚Denk an was Schönes‘, ermahnte er sich.

Jana: Als sie noch klein war, sie hatte immer so herzhaft und viel gelacht.

»Sei nicht immer so albern«, hatte er oft, vielleicht sogar zu oft gesagt, wenn sie ohne ersichtlichen Grund rumalberte und gackerte. Was würde er im Moment nicht alles dafür geben, sie einmal lachen zu hören. Sie hätte sich ruhig über seine derzeitige Situation lustig machen dürfen. Aber wenn sie ihn hier sehen würde und auslachte, wüsste er, sie lebte noch!

Mark stieß mit beiden Handinnenseiten gegen die kalte, langweilig weiß gestrichene Wand. Ruhig – Mark. Das wollen die doch nur, wahrscheinlich haben sie hier irgendwo sogar eine Minikamera installiert und sehen alles, was du machst. Den Gefallen wollte er ihnen nicht tun. Er musste klar bleiben im Kopf. Nur über die Mitarbeiter gab es einen Weg hier heraus. Er nickte, während er das dachte, als wollte er sich selbst seinen Gedanken bestätigen.

***

Zunächst schien es so, als würde Gary sein gegebenes Wort brechen. Dabei hatte sich Jana so sehr auf den Ausflug gefreut. Ihr ständiges Nachfragen ignorierte er einfach mit süffisantem Lächeln.

Sein abweisendes Verhalten brachte sie erst recht auf die Palme. Jana hatte sich schon fast damit abgefunden und beschloss, wenn es bis zum Abend nichts wurde mit der Überraschung, zu schmollen. Wie aus dem Nichts sagte er plötzlich:

»Setz dich in den Wagen, es geht los.«

»Wo geht es denn hin und was muss ich anziehen?«, wollte sie wissen.

»Es ist fein, so wie du angezogen bist, legere Kleidung passt prima. Du siehst toll aus. Setz dich einfach ins Auto.«

Auch während der Fahrt gab sich Gary wortkarg. Die Straßen wurden breiter, und so langsam bekam Jana das Gefühl, dass die

Zivilisation sie wiederhatte. Bestimmt waren sie auf dem Weg in eine größere Stadt.

»Mittlerweile finde ich das ziemlich doof. Du kannst mir langsam mal sagen, wo wir genau hinfahren. Ich bin schließlich kein kleines Kind mehr.«

Als Gary den Blick änderte, weg von der Fahrbahn hin zu ihrem Gesicht, wurde Jana ganz anders. Obwohl es nur ein kurzer Augenblick war, hatte dieser Blick etwas Böses an sich, fast etwas Wahnsinniges. Das erinnerte sie an ein Theaterstück an ihrer High-School. Gary spielte als Alumni, also als ehemaliger Schüler, genauso mit wie Jana selbst. Sie bekleidete eine Nebenrolle, während er einen Psychopathen spielte. Und diese Rolle spielte er so gut, dass sie damals Angst bekam, obwohl sie ja wusste, dass es nur gespielt war.

»Gary – was soll dieser Blick? Du machst mir Angst«, sagte sie ernsthaft. Gary reagierte zuerst gar nicht, guckte wie hypnotisiert auf die Straße, beachtete sie gar nicht. Auf einmal fing er schallend an zu lachen, so überzeugend, dass sie mitlachen musste.

»Baby, du weißt doch, ich bin ein guter Schauspieler. Vertrau mir doch einfach mal. Wir fahren ins Royal Theatre nach Victoria, der Hauptstadt von British Columbia. Viele denken, Vancouver, weil es viel größer ist, aber das ist falsch.«

Überraschungen hatte er drauf, das musste man ihm lassen, und gebildet war er auch. Ok, manchmal auch ein wenig eingebildet, aber das sah sie ihm nach, er sah aber auch extrem gut aus, ihr Schnuckelchen.

***

Das schlimmste für Mark war, dass er noch nicht mal einen Orientierungspunkt hatte. Keinen Wecker, keine Uhr, kein Fenster, nichts, durch das man sehen konnte, wie viel Zeit vergangen war. Das Abendessen brachte dieselbe Pflegerin wie beim ersten Mal wortlos herein. Eine dampfende Hühnerbrühe und ein krosses Baguette, dazu eine weitere Flasche Wasser. Dieses Mal wurde sie nicht von einem Pfleger begleitet. Mark schloss daraus, dass es beim ersten Mal eine Demonstration der Macht sein sollte. »Benimm dich anständig, wir sind da, jederzeit«, sollte es wohl heißen.

Mark versuchte, sie in ein Gespräch zu verwickeln.

»Mrs. Prescout?« Diesen Namen hatte er sich gemerkt, es war ja sonst nicht viel, was es Neues zu merken gab. »Oder darf ich Kati sagen?«

Verstört wie ein scheues Reh drehte sie den Kopf weg. Dabei hatte sie schöne braune und wache Augen.

»Bitte bleiben Sie noch einen Augenblick, ich muss mit Ihnen sprechen.« Die Angesprochene ging nur noch schneller Richtung Ausgang, klopfte zweimal kurz, es wurde geöffnet, und schon war sie auch wieder verschwunden. Trotz des zurückhaltenden Verhaltens hatte Mark das Gefühl, dass sie ihn mochte. Wenn sich ihre Blicke trafen, was nur einen Augenblick dauerte, war dieses Zusammentreffen intensiv. Aber vielleicht täuschte er sich auch. In dieser Einsamkeit bildete man sich schließlich leicht etwas ein.

Die Brühe roch verführerisch, er nahm das Besteck, das in eine bunte Serviette eingewickelt war, und sah zu seiner Überraschung zwei Wörter:

‚Hide it'

Eigentlich hatte er das Besteck auswickeln wollen, entschied sich dann aber anders, zog nur den Löffel heraus und legte die Serviette, eingerollt wie sie war, neben den Teller.

Wenn er eine Nachricht verstecken sollte, hieß das, wie er schon vermutete, dass er durch eine Kamera beobachtet wurde - oder sogar durch mehrere. Wenn sie das Licht wieder ausschalteten, hatte er keine Chance, es zu lesen. Also musste es einen Fleck in diesem Raum geben, an dem er die Nachricht ungestört lesen könnte. Für so intelligent, diesen Ort ausfindig zu machen, hielt sie ihn wohl. Er hatte eine Suppe lang Zeit, herauszufinden, wo die Kameras eingebaut worden waren. Er spielte den Gedankenverlorenen, und während er sich die Suppe reinschaufelte, ließ er immer den Blick schweifen.

Dann hielt er plötzlich inne. ‚Das ist die Lösung', dachte er. Besann sich dann darauf, die Suppe inklusive des Baguettes fertig zu essen.

Die Toilette befand sich zwar in dem selben Raum, war aber durch eine Wand abgetrennt. Wenn tatsächlich Kameras installiert worden waren, dann würden sie bestimmt nicht direkt auf die Kloschüssel zielen. Selbst in den USA, oder vielleicht gerade da, gab es bestimmt Vorschriften, die den intimsten Bereich schützten. Bisher hatte er sich noch nie in seinem Leben so doll darauf gefreut, aufs Klo gehen zu dürfen wie an diesem Tag.

***

Jana fühlte sich wohl, sie war froh, endlich wieder unter Menschen zu sein. Sicher hatte die atemberaubende Landschaft etwas Einzigartiges. Aber meine Güte, sie war 16, da wollte man doch etwas erleben, unter Menschen sein, andere Teenies treffen, quatschen, auf Partys gehen, am liebsten die ganze Nacht.

Es schien sogar eine richtige Stadt zu sein, in die sie da hineinfuhren, dem Straßenverkehr nach zu urteilen. Typische große SUVs, diese großen Offroader, machten hier wahrscheinlich sogar Sinn. Was Jana wunderte, war, dass die Geschwindigkeitsbegrenzungen in Km/h angegeben wurden und nicht wie in den USA üblich in Miles/h. Sie mussten also tatsächlich in Kanada sein.

»Wie heißt denn das Stück, das wir sehen werden?« Gary grinste wissend, machte eine künstlerische Pause und sagte schließlich:

»Double dealing«

»Klingt nach einem doppelten Spiel, hast du es schon gesehen?«

»Nein, aber ich kenne die Story.«

»Na, dann erzähl doch mal…«

»Keine Chance, Baby. Dann nehme ich dir ja die Spannung.«

»Sind denn Schauspieler dabei, die ich kennen könnte?«

»Nein, ich glaube, die kennst du nicht, und jetzt frag bitte nicht weiter, ja?

»Schon gut. Können wir denn hier am Hafen noch spazieren gehen?«, fragte Jana, als sie an der Vergnügungsmeile vorbeifuhren. Es schienen sich viele Touristen dort zu tummeln.

»Nein, das Stück fängt gleich an, leider.«

»Aber wir haben doch bestimmt wieder ein Mobilfunknetz. Gibst du mir bitte mal dein Handy? Ich möchte meinem Dad eine SMS schreiben.«

»Oh, ich fürchte, das habe ich in der Hütte vergessen.« Dieser Trottel! Er hatte sein Handy sonst immer dabei. Jana vermisste ihren Vater, in der einsamen Wildnis noch mehr, als sie es in ihrem Austauschjahr getan hatte.

Gehobene Abendkleidung trug kaum jemand von den Theaterbesuchern. Sneakers und Jeans, wohin Jana auch schaute. Somit empfand sie sich in ihren Joggingschuhen und der schwarzen Jeans nicht underdressed. Als Gary sich entschuldigte und die Toiletten aufsuchte, fragte Jana einen jungen Mann, der mit einem Freund auf den Einlass wartete, mit naiver Stimme und Augenaufschlag:

»Kannst du mir mal dein Handy leihen, ich muss nur kurz eine SMS schreiben.« Ohne zu zögern zückte dieser sein Handy und reichte es ihr.

»Na klar, kein Problem.«

Eilig tippte sie eine Nachricht ein:

Freue mich schon wahnsinnig auf unsere Reise. Muss dir viel erzählen, wenn wir von der Insel zurück sind. Big Hug J.

Die Handynummer kannte sie auswendig. Nur nicht das +49 für Deutschland vergessen und zack, schon war die Nachricht versendet.

»Was soll das denn werden?«, fragte Gary mit zorniger Stimme den fremden Mann. »Willst du was von meiner Freundin, oder wie?«

»Nein«, antwortete der junge Mann verdutzt, »ich habe ihr doch nur mein Handy ausgeliehen.« Gary packte Jana grob am Arm und zog sie weg.

»Da ist man mal zwei Minuten nicht da und schon machst du so'n Scheiß!«, raunzte er sie an. Dieser irre Blick gefiel Jana gar nicht. Er war ja schon immer ein wenig eifersüchtig gewesen. Aber so schlimm hatte sie das noch nie erlebt.

»Hey, spinnst du? Ich habe doch nur meinem Vater eine SMS geschrieben. Du hast dein Handy schließlich vergessen.«

»WAS genau hast du ihm geschrieben?«

»Oh, Mann, ich habe nur geschrieben, dass ich mich auf die Reise freue. Ist das verboten, oder was?«

»Nein, sorry, aber kaum komme ich vom Klo wieder, sprichst du mit irgendeinem fremden Typen. Da ist es doch klar, dass ich das nicht toll finde. Es soll doch schließlich unser Abend werden.«

Die Türen zum Theater öffneten sich, und ehe sie den Streit weiter fortführen konnten, wurden sie mit den anderen in den Saal gedrängt, ohne dass Jana noch etwas erwidern konnte.

Die moderne Aufführung ‚double dealing' wurde vom kanadischen Nachwuchsregisseur Dean Edwards hervorragend inszeniert. Es zeigte einen exzentrischen Studenten, der ein Doppelleben führte. Am Ende wurde seine böse Seite offenbart. Nach dem Stück kam dieser unter frenetischem Jubel auf die Bühne und stellte das gesamte Ensemble vor. Jana war so begeistert von der Aufführung und der Leistung der Darsteller, dass sie mit Zeigefinger im Mund laut pfiff. Gary sah sie nur mit rollenden Augen an.

Kapitel 5

Mark konnte sich einfach nicht an die neuen Umstände gewöhnen. Eingesperrt zu sein, nicht zu wissen, was mit seiner Tochter passiert war. Was war bloß falsch gelaufen? Warum tat man so, als sei er verrückt? Oder glaubten die das wirklich?

Es gab nur einen einzigen Hoffnungsschimmer: Kati Prescout. Die freundliche Pflegerin schien ihm wohlgesonnen. Wenn sie hereinkam, sprach sie zwar nicht viel, aber wohl nur, damit von den versteckten Kameras und Mikrophonen nichts Verdächtiges aufgezeichnet werden konnte. Sie verstand es jedoch geschickt, ihm immer wieder versteckte Nachrichten zukommen zu lassen.

In der allerersten Nachricht stand, dass sie ihn ganz und gar nicht für verrückt halte, dass er sich unbedingt normal verhalten müsse und keiner mitbekommen durfte, dass sie ihm Nachrichten zusteckte. Es tat gut zu wissen, dass zumindest ein Mensch hinter ihm stand, an ihn glaubte. In seiner Krankenakte hatte sie lesen können, dass seine Einweisung aufgrund der Aussage des Sheriffs und Pat Belamys zustande gekommen sei. Sie hielten die Geschichte einer deutschen Austauschschülerin für reine Erfindung. Zudem stand der Vorwurf der sexuellen Belästigung einer Minderjährigen im Raum, was nicht nur in den USA ein schweres Vergehen darstellte. Dabei handelte es sich doch nur um eine Verwechslung, da das Mädchen Janas Jacke trug, oder zumindest eine Jacke, die haargenau so aussah wie die Jacke seiner Tochter.

Ein Gericht hatte nun darüber zu entscheiden, ob er dauerhaft in der geschlossenen Abteilung bleiben musste. Wegen Überlastung der Gerichte würde ein Termin vermutlich erst in zwei Monaten zustande kommen. Weil er nach Einschätzung des Doktors – toll, er hatte sich zweimal mit ihm unterhalten – eine Gefahr für die Allgemeinheit darstellte, müsse er vorerst in der jetzigen Unterbringung verbleiben.

Er folgte schließlich den Ratschlägen von Kati Prescout, was blieb ihm auch anderes übrig. Nach einigen Tagen machte man ihm das Leben zumindest ein bisschen angenehmer. Er bekam einen Radiowecker, der ihm zuverlässig die Uhrzeit anzeigte, einen Block und einen blauen Kugelschreiber. Das hiesige Radioprogramm ließ ein wenig Abwechslung in seinen Alltag einkehren. Zuvor war der morgendliche Gang zu den Duschräumen – immer unter Aufsicht – und das Hereinstellen des Essens die einzige Abwechslung gewesen. Er freute sich wie ein kleines Kind, weniger auf die Mahlzeiten als vielmehr auf die Gesellschaft von Kati. Hin und wieder konnte die stets um Contenance bemühte Schwester, die immer das gleiche weiße Kostüm trug, sich ein Grinsen nicht verkneifen. Keine Frage, sie war ihm sympathisch. Unter anderen Umständen hätte er sich auch für sie als Frau interessiert. Momentan fragte er sich lediglich, wie sie ihm aus seiner Situation heraushelfen könnte.

Nach der fünften schriftlichen Botschaft von ihr traute er sich zumindest, ihr auch eine Botschaft zu schreiben, und die Frage zu stellen, die ihn am meisten umtrieb:

Kannst du mich hier rausbringen?

Er schrieb die Nachricht nachts im Bett, faltete sie sorgsam zusammen, und hinterließ sie in der zerknüllten Serviette des nächsten Frühstücks.

Ihre Antwort ließ nicht lange auf sich warten:

Habe Geduld, mein Freund. Es ist nicht so einfach, aber deine Zeit wird kommen.

Mark las die Nachricht wieder und wieder, gefühlte 20-mal. Am Ende versuchte er sogar, eine verschlüsselte Botschaft herauszulesen. Aber die Nachricht war als Klartext verfasst worden.

Sie hatte leicht reden: Es war schwer zu ertragen, nicht zu wissen, ob seine Tochter ihn vielleicht gerade jetzt brauchte, noch zu wissen, wann er endlich hier rauskam. Diese Unsicherheit begann ihn innerlich aufzufressen.

***

Was Jana nicht verstand, war, dass Gary nach der Vorstellung unbedingt wieder in das Blockhaus zurückfahren wollte. Am liebsten wäre sie noch mit ihm ein bisschen durch die von Touristen belebte Innenstadt flaniert. Wäre doch eine gute Gelegenheit gewesen, shoppen zu gehen, ein paar neue Klamotten oder zumindest ein paar Souvenirs zu kaufen. Ohne das groß zu begründen, hieß es von Gary bloß:

»Wir müssen zurück, es ist schon spät.«

Aber in der blöden Hütte wartete doch niemand auf sie. Na ja, sie wollte nicht undankbar sein. Schließlich hatten sie einen aufregenden und spannenden Abend im Theater erlebt. Vielleicht würden sie ja noch ein paar mehr solcher Ausflüge machen. So trällerte sie fröhlich das ihr wohl bekannte Lied von The Wanted, das gerade im Radio gespielt wurde, mit:

The sun goes down (Die Sonne geht unter)

The stars come out (Die Sterne kommen raus)

And all that counts (Und alles, was zählt)

My universe will never be the same (Mein Universum wird nie wieder dasselbe sein)

I'm glad you came...(Ich bin froh, dass du gekommen bist...)

Als sie in pechschwarzer Nacht an dem abgelegenen See ankamen, ein Wunder, dass Gary die schmale Seitenstraße auf Anhieb fand, fragte Jana:

»Wann genau segeln wir eigentlich zurück?«

»Wieso fragst du, gefällt es dir hier nicht?«

»Doch schon, aber ich freue mich auch schon auf die Reise mit meinem Dad...«

»Der ist also wichtiger als ich, oder wie?«

»Mann ey, so war das doch nicht gemeint«, erwiderte sie mürrisch.

»Warum fragst du dann so was, du könntest ein wenig dankbarer sein. Welcher andere Junge hätte dir das hier alles bieten können?«

»Ach, vergiss es!« Aus Frust vermied sie es, noch einmal nachzufragen. An diesem Abend sprach er kein einziges Wort mehr mit ihr, als ob sie etwas Verbotenes getan hätte. Das war jedoch nichts im Vergleich zum nächsten Morgen.

***

Jana hatte kaum Schlaf gefunden in der letzten Nacht. Ein schlechtes Gewissen gegenüber ihrem Vater plagte sie. Dadurch, dass sie ihr eigenes Handy nicht an die Steckdose hängen konnte, weiß der Teufel, wo sie das gelassen hatte, konnte sie auch nicht checken, ob ihr Vater ihr eine SMS geschrieben oder versucht hatte, sie anzurufen. Hier draußen war sie aber auch so was von der Welt abgeschnitten. Ohne Facebook, ohne Festnetztelefon, ohne Handy, sie fühlte sich wie in der Steinzeit.

Weil sie doch nicht richtig schlafen konnte, hatte sie sich mit einer bunt gemusterten, aber mollig warmen Wolldecke an den Holztisch vor die Hütte gesetzt. Es durften kaum mehr als zwölf Grad Celcius sein, ziemlich frisch für einen Juli, aber das war eben Kanada und nicht Kalifornien. Es dämmerte bereits, die Vögel zwitscherten, und ab und zu war ein heulender Kojote zu hören.

Als dann endlich genug Tageslicht das Schreiben erlaubte, öffnete Jana ihr Tagebuch. Sie kritzelte sich ihre schwermütigen

Gedanken von der Seele. Lag es an ihrem Teenageralter, dass sie sich über ihre Gefühle gegenüber Gary nicht mehr sicher war, oder hatte er sich einfach verändert?

Erschrocken fuhr sie zusammen. Gary stand hinter ihr. Sie hatte ihn gar nicht kommen hören.

»Hast du mich jetzt erschreckt. Ich habe dich gar nicht gehört.«

»Was schreibst du denn da?«

»Mein Tagebuch.«

»Darf ich es lesen?«

Jana stockte der Atem, sie schlang die Decke fester um ihren Körper. Eigentlich hätte sie es ihm schon geben können, er verstand nicht viel Deutsch, aber mit den Namen drin, konnte man sich schon einiges zusammenreimen, auch Falsches.

»Nein, lieber nicht«, sagte sie schließlich schweren Herzens, weil sie Angst vor seiner Reaktion hatte.

»Warum nicht? Ich meine, ich verstehe doch eh nicht viel Deutsch, aber du könntest es mir doch übersetzen, oder vertraust du mir nicht?«

»Doch schon, aber das Tagebuch ist geheim. Das habe ich noch nie jemandem zum Lesen gegeben.«

»Du hast doch auch noch nie jemanden so geliebt wie mich, dachte ich?«

»Ich will es nicht und damit Schluss«, entgegnete sie unwirsch, klappte es zu und schloss es ab.

»Und ich dachte, Vertrauen wäre das Wichtigste, aber wenn du meinst…«

Jana holte tief Atem und wollte richtig loslegen mit: »Jetzt hör mal zu…«, sie sprach es allerdings gar nicht mehr aus, denn da hatte Gary sich schon umgedreht und war in der Hütte verschwunden.

»Ich setze dann mal einen Kaffee auf«, hörte sie ihn von innen brummeln.

Danach frühstückten sie wortlos: Kanadisches Weißbrot, Butter und Konfitüre, dazu der verführerisch duftende Kaffee. Jana versuchte ihre Gedanken zu ordnen. Wahrscheinlich bewertete sie sein Verhalten einfach über. Er kümmerte sich intensiv um sie, obwohl sie seine Fürsorge und das ständige Nachfragen für übertrieben hielt. Schließlich war sie keine zwölf mehr.

»Was unternehmen wir denn heute? Also, ich meine, fahren wir heute wieder weg?«, fragte sie nach dem Frühstück, während er mit dem Abwasch beschäftigt war.

»Was möchtest du denn gern machen?«

»Also, so langsam finde ich es hier ein wenig langweilig…« Gary schmiss das Handtuch, mit dem er die Teller gerade abtrocknete, missmutig in die Ecke.

»Was soll das denn jetzt schon wieder?«, raunzte er sie an. »Andere Frauen wären froh, wenn sich ein Junge so um sie bemühen würde. Ich trage dich auf Händen, gebe dir alles, was du brauchst. Wale waren nicht genug, die junge Dame wollte Delphine, bitte, du bekamst Delphine. Du wolltest in die Stadt. Ich besorgte die Karten und die waren nicht einfach zu bekommen. Kaum sind wir wieder hier, willst du schon wieder weg. Findest du dein Verhalten richtig?«

»Ähm…«, sagte sie leise und stand vom Tisch auf, »…aber könnten wir nicht einfach wieder zurück segeln? In Belfair ist es doch auch schön.« Gary ging zwei Schritte auf sie zu und schlug ihr mit der flachen Hand ins Gesicht. Vor lauter Schock schrie sie noch nicht einmal. So etwas hatte er noch nie getan. Er rannte raus, schlug die Tür hinter sich zu. Nach einigen Schrecksekunden riss sie die Tür auf und schrie:

»Sag mal, hast du `n Knall?« Jana sah nur noch, wie die Tür des Jeeps zugeschlagen wurde, und er mit Vollgas davon fuhr, sodass Kieselsteine von den durchdrehenden Reifen nach hinten geschleudert wurden.

»Das fasse ich doch jetzt nicht.« Nachdem er außer Sichtweite war, fing sie bitterlich an zu weinen. Sie wollte nichts lieber als zu ihrem Vater.

***

Zu seinem großen Erstaunen bat Kati ihn in einer der vielen Nachrichten um den PIN-Code für sein Handy. Unter anderen Umständen hätte er diesen verweigert, aber erstens könnte Kati mit seinem Adressbuch und den in Deutsch geschriebenen Kommentaren eh nicht viel anfangen, zweitens vertraute er ihr inzwischen so sehr, dass er nicht lange überlegen musste.

Als sie spät abends nochmal – außerplanmäßig – in sein Zimmer kam und ihm frische Unterwäsche brachte, wusste Mark, dass sich eine Nachricht darin befinden würde, denn er hatte erst vor zwei Tagen sieben frisch gewaschene Unterhosen erhalten.

Als er auf der Toilette saß und die handgeschriebene Nachricht las, fiel er fast von der Schüssel. Dort stand:

Diese SMS könnte von deiner Tochter sein. Ich fand sie in deinem Handy als letzte Nachricht, eingegangen vor 5 Tagen: Freue mich schon wahnsinnig auf unsere Reise. Muss dir viel erzählen, wenn wir von der Insel zurück sind. Big Hug J.

Jana unterschrieb immer mit J., und wer sonst hatte eine Reise mit ihm geplant? Aber was sollte das mit der Insel? Wenn ein Aufenthalt auf einer Insel geplant gewesen wäre, hätte Jana ihn doch mit Sicherheit informiert. Gewiss, sie war ein Teenager und sprunghaft, aber in solchen wichtigen Dingen war sie immer zuverlässig.

Allerdings könnte auch jeder andere die SMS geschrieben haben. Na ja, jeder nun doch nicht, man brauchte schon Deutschkenntnisse und vor allem seine Handy-Nummer. Und das Wissen, dass seine Tochter und er eine Reise planten. Falls es ein Entführer gewesen sein sollte, hätte er diese Informationen alle von ihr haben können. Aber warum kam dann keine Lösegeldforderung? Wenn es eine Entführung war, warum sollte dann jemand so tun, als käme die Nachricht von ihr? Vielleicht um einen M…, nein, diesen Gedanken wollte und durfte er nicht zu Ende denken. Er war sich nach dieser Nachricht sehr sicher, dass Jana noch am Leben war.

Kapitel 6

Seit Stunden wartete Jana nun schon darauf, dass Gary zurückkehrte. Er hätte wenigstens sagen können, wo er hinfährt und wann er zurück sein würde. Hatten sie das nicht vereinbart? Also zumindest hatte sie ihn darum gebeten. Am liebsten wäre sie auch einfach abgehauen. Aber sie hatte noch nicht mal einen Führerschein. Bis in die nächste Ortschaft dauerte es gut und gerne eine halbe Stunde – mit dem Wagen.

So blieb ihr nur das nervige Warten. Einzig Jacko, der treue Collie, war ihr geblieben.

»Na komm schon, Dicker, wir gehen spazieren, wenn die Sonne schon mal rausguckt. Auf uns wartet doch eh keiner.«

Jacko bellte kurz, wedelte mit dem Schwanz, er hatte scheinbar gegen ein wenig Bewegung nichts einzuwenden. Sie liefen schließlich um den gesamten See herum, was bequem in einer halben Stunde zu schaffen war.

In dieser Stunde grübelte Jana über die vergangenen Tage nach. Hatte sie nun überreagiert? Hatte er recht damit, dass sie undankbar war?

Vielleicht resultierten ihre Streitereien einfach daraus, dass sie nun ständig aufeinander hockten. In den vergangenen Monaten in Belfair war das nicht so gewesen. Sie hatten sich nach der Schule gesehen und das nicht mal jeden Tag. Am Wochenende unternahmen sie Dinge gemeinsam, waren auf Partys gegangen oder hatten sich ein Baseballspiel angesehen. Jana hatte aber immer das Gefühl gehabt, sich frei entscheiden zu können, was sie machen wollte. Hier war sie ihm irgendwie ausgeliefert, auf ihn angewiesen.

Zurück in der Blockhütte, versorgte sie erst mal Jacko mit frischem Futter und setzte sich dann auf das Bett. Es war zum verrückt werden, noch nicht mal ihre Lieblingslieder konnte sie hören, da sie weder ihren Laptop dabei hatte, noch nicht mal das Handy hatte Saft. Sie schaltete den Radiowecker auf Musik, bekam aber nur einen Sender klar rein, der langweiligen Kram spielte. Sie schlug ihr Tagebuch auf und setzte ihr Frustschreiben vom frühen Morgen fort.

Der Hund fing an zu bellen, und sie hörte, wie sich ein Auto näherte. Jana öffnete die Tür und ging ihm entgegen.

»Kannst du mir mal sagen, wo du so lange warst?«, fauchte sie ihn an.

»`n paar Besorgungen machen«, antwortete er lapidar.

»Willst du mich verarschen? Erst knallst du mir eine und dann fährst du kommentarlos zum Einkaufen. Na danke.«

»Sorry, aber du hattest auch selbst schuld.«

»Ach, so ist das, jetzt bin ich auch noch schuld. Das wird ja immer besser.«

»Reg dich nicht so auf, ist doch nichts passiert. Trag lieber die Sachen rein.«

»Ich denk doch gar nicht dran. Ich will, dass wir von hier verschwinden, und zwar heute noch«, sagte Jana bestimmend und stemmte die Hände in ihre Hüften.

Garys Blick wurde düster, nahm wieder diese irren bedrohlichen Züge an, die sie auf der Fahrt ins Theater schon verstört hatten.

»Das geht nicht«, sagte er kühl.

»Wie, das geht nicht, was soll das heißen?«

Gary nahm zwei Einkaufstüten aus dem Auto und ging ins Haus.

»Ey – vielleicht redest du mal mit mir?«

Gary ging seelenruhig ins Haus und begann die Waren einzuräumen. Sie schrie ihn an:

»Warum geht das nicht?« Gary holte tief Luft:

»Das Ruder des Segelbootes hat einen Defekt.«

»Na und? Dann fahren wir eben mit der Fähre nach Seattle.«

»Nun beruhig dich doch mal. Ich habe das Ersatzteil schon bestellt.«

»Aha, danke, dass ich das auch mal erfahre. Und wann kommt dieses blöde Teil?«

»Müsste in ein paar Tagen da sein.«

»Und dann fahren wir?«, fragte Jana kritisch nach.

»Ja.«

So richtig zufrieden mit der Aussprache konnte Jana immer noch nicht sein, aber es zeigte ein Ende ihres Aufenthalts an. So langsam ging ihr diese Wildnisnummer doch ziemlich auf die Nerven.

***

Täuschte sich Mark oder stellte sich immer mehr Vertrautheit und eine damit einhergehende Verbundenheit zu Kati Prescout ein? Sie schien wirklich einen Narren an ihm gefressen zu haben, wenn das Ganze von ihr nicht nur gespielt war, aber daran glaubte Mark nicht. Eine Verschwörung mit dem Wegschließen in einer Klapsmühle reichte ihm auch völlig.

Ein weiteres Gespräch mit dem Arzt hatte es noch gegeben. Aus Marks Sicht war es sogar recht vernünftig verlaufen. Er behandelte ihn halbwegs normal, jedenfalls erweckte er nicht den Anschein, als hielte er ihn für durchgeknallt. Die richterliche Anhörung sollte in Seattle stattfinden, einen genauen Termin gab es zwar noch nicht, aber es würden einige Wochen, vielleicht sogar zwei oder drei Monate vergehen wegen der Überlastung der Gerichte in der Metropole. Vorher müsste ein unabhängiger Arzt ein Gutachten erstellen. Dazu würde er sich mit Mark in mehreren Sitzungen unterhalten müssen.

Mark wusste nicht so recht, ob er sich darüber freuen oder ärgern solle. Er hoffte, dass durch ein solches Gutachten bestätigt werden würde, dass er eindeutig nicht verrückt war. Auf der anderen Seite hatte er schon viel über amerikanische Gerichtsverfahren gehört und gelesen. Damit waren nicht die in den Spielfilmen gemeint, sondern die Promi-Prozesse. Die des Ex-Footballstars O. J. Simpson beispielsweise. Strafrechtlich wurde er von dem Vorwurf, seine Frau ermordet zu haben, freigesprochen. Zivilrechtlich musste er jedoch Schadenersatz leisten. Kurzum, er konnte und wollte sich nicht auf das Rechtssystem der USA verlassen. Er hatte aber nicht wirklich eine Alternative. Es sei denn, Kati würde ihm helfen.

Sie hatte ihm ja signalisiert, seine Zeit würde kommen. Wollte sie ihn damit nur ruhig stellen? Eher nicht, dachte Mark, dafür hatte diese Institution mit Sicherheit genügend Medikamente. Es ging ihm wie einem Kind an Weihnachten, inzwischen betrachtete er jeden Kontakt mit Kati als Geschenk. Fast jedes Mal spielte sie ihm nicht nur eine Nachricht zu, sondern munterte ihn manchmal nur auf: »Halte weiter durch«, »Du machst das bisher sehr gut«, oder »Ich glaube an dich.« Er hoffte bei jedem einzelnen Mal sehnlichst auf die ganz große Meldung, den Jackpot. Die Hoffnung auf diese eine Nachricht hielt ihn am Leben.

Die letzten Zeilen hatte Mark kurz vor dem Schlafengehen von ihr erhalten. Genauer gesagt hatte er nur noch fünf Minuten Zeit, diese Nachricht zu lesen, bis das Licht automatisch ausgeschaltet wurde, jeden Abend um 22 Uhr.

Als er die Mitteilung noch schnell auf der Kloschüssel sitzend las, konnte er nicht schlafen, die ganze Nacht nicht.

***

Wenn sie doch nur selbst etwas tun könnte, um schneller abzureisen. Inzwischen benahm sich Gary immer kälter zu ihr – gefühlskalt war wohl der richtige Ausdruck. Er sprach wenig, ignorierte sie, wo er nur konnte, verschwand in die Wildnis, ohne was zu sagen, und tauchte plötzlich wieder auf. Jana wurde auch das Gefühl nicht los, dass er, auch wenn er mal nicht da war, sie ständig beobachtete.

Die erste Woche hatte sie in sehr schöner Erinnerung, gerade die Ankunft mit dem Segelboot und das Beobachten der Delphine. Damals eine perfekte Welt für sie. Sie fühlte sich frei. Doch mit der Zeit betrachtete sie es eher als Gefängnis. Sie konnte nämlich nicht selbst entscheiden, wo sie hinwollte, eine von ihren Freundinnen anrufen oder auch nur eine SMS schreiben. Sie hatte seit zwei Wochen keinen Kontakt mehr zur Außenwelt.

»Gary, wann ist dieses Ersatzteil endlich da?«

Genervt verdrehte er die Augen. »Das habe ich dir doch gestern gesagt, das wird ein paar Tage dauern.«

»Dann ruf den Typen an oder fahr dahin. Ich habe langsam keinen Bock mehr auf diese Blockhütte.«

»Was ist denn jetzt an ein, zwei Tagen so schlimm?«

»Du verstehst gar nichts, weißt du das? Warum fahren wir nicht einfach nach Victoria und nehmen die Fähre nach Seattle?«

»Da sieht man mal, wie jung und naiv du noch bist. Ich kann das Boot nicht einfach hier lassen. Wenn ich das Ersatzteil nicht selbst in Empfang nehme, schicken sie es wieder zurück. Du stellst dir das alles immer so einfach vor.«

»Das ist mir scheißegal. Ich will hier weg!«, schrie sie ihn an.

»Wir warten hier.« Sie nahm ihren Rucksack und ging, ohne ihn eines Blickes zu würdigen, an ihm vorbei aus der Hütte.

»Jana, wo willst du hin?« Sie blieb stehen, drehte den Kopf und rief ihm zu:

»Ich will in die Stadt, ich trampe dahin oder laufe, wenn es sein muss.« Jana marschierte fest entschlossen los.

Gary rannte wie von einer Tarantel gestochen hinter ihr her und fasste ihre Hand, so fest, dass es wehtat.

»Spinnst du?«, fuhr sie ihn an. »Lass mich los!« Als sie mit der anderen Hand auf ihn einschlug, packte er sie mit einer Kraft, die sie nie zuvor so gespürt hatte, legte sie über die Schulter, brachte sie zurück in die Blockhütte und schmiss sie auf das Bett. Ehe sie auch nur reagieren konnte, war er auch schon an der Tür und schloss diese ab – von außen. Wenn sie vorher gedacht hatte, ihre ganze Situation schien ähnlich wie in einem Gefängnis, musste sie nun erfahren, wie es war, wirklich eingesperrt zu sein.

***

Diese eine Nachricht, die Mark in jener Nacht nicht schlafen ließ, sollte nur der Auftakt der Planungen für seinen Ausbruch darstellen. Zumindest nannte Kati darin den genauen Zeitpunkt, in genau 26 Stunden, um Mitternacht. Mark wusste noch nicht, wie das genau gehen sollte, aber er vertraute Kati. Er spekulierte die ganze Nacht, wie ein solcher Plan aussehen könnte. Einfach die Tür ‚aus Versehen' nicht abzuschließen konnte nicht die Lösung sein. Es gab mit Sicherheit weitere Türen, Schlösser oder andere Vorrichtungen, an denen man nur als Berechtigter durchgeschleust werden konnte. Mark dachte zunächst an eine vorgespielte Geiselnahme. Aber vermutlich würde das die gefährlichste Variante sein, denn dieses würde einen Alarm auslösen, und er hätte nicht nur das Krankenhauspersonal, sondern auch noch die Polizei am Hals.

Wie aber sollte sie ihm – im wahrsten Sinne des Wortes – alle Türen öffnen, ohne dass der Verdacht sofort auf sie fiele?

Die folgenden Nachrichten des nächsten Tages erläuterten den sorgfältig ausgearbeiteten Plan. Er sollte mit einer anderen Pflegerin, Alice Pearce, die ihm ab und an auch mal das Essen brachte, zusammenstoßen, sodass auf den Überwachungsvideos der Eindruck entstünde, als könnte er dabei ihre Magnetkarte aus ihrer Brusttasche entwendet haben. Tatsächlich würde Kati aber die Karte entwenden und ihm zuspielen. Alice Pearce hatte ab morgen eine Woche frei. Somit würde der Verlust ihrer Karte erst in ein paar Tagen auffallen. Mit dieser Karte könnte er durch zwei Durchgangskontrollen gelangen. In der Nachtschicht besetzte man die gesamten Stationen nur minimal. Zwischen Mitternacht und ein Uhr schien die größte Chance zu bestehen, ungesehen die Klinik verlassen zu können.

Im Verlaufe des Tages folgten weitere schriftliche Anweisungen für sein Verhalten nach Verlassen der Klinik. Er sollte zu Fuß zu ihr nach Hause gehen und würde dafür circa eine halbe Stunde benötigen. Die Wegbeschreibung sollte er sich gut einprägen und wie alle anderen Nachrichten vernichten. Mark konnte sich gut Sachen einprägen und verfügte auch über einen guten Orientierungssinn. Nicht nur Straßennamen, sondern auch markante Punkte wie ein Starbucks oder eine Kirche standen auf dem Zettel. Ihre Wohnung dürfte also leicht zu finden sein. Einen Zweitschlüssel hatte sie auf der Veranda deponiert.

Aber warum tat sie das alles? Sie riskierte nicht nur ihren Job, wenn alles aufflog, sondern einem als vorerst gemeingefährlich eingestuften Patienten zur Flucht zu verhelfen und ihn dann auch noch bei sich zu verstecken, dürfte auch in den USA kein Kavaliersdelikt sein. Das alles wegen Mitleid oder Zuneigung? Das tat doch kein Mensch, wenn er glaubte, jemand sei einfach zu Unrecht einsperrt worden. Dann müssten ja jeden Tag edle Gefängniswärter zu Fluchthelfern mutieren.

Mark fühlte sich überhaupt nicht gut bei der ganzen Aktion. Als er mit Alice Pierce wie gewünscht zusammenstieß, fiel sie fast auf den Boden, weil durch seine Aufregung aus dem gespielten Stolpern ein echtes wurde. Dabei kachelte sogar das Tablett mit dem Essen auf den Boden. Die Szene war komplett schiefgelaufen, aber der Körperkontakt fand statt. Sie fragte ihn sogar, ob ihm nicht gut wäre, weil er so verschwitzt aussähe. Er entschuldigte sich und versicherte ihr, dass mit ihm alles okay sei.

Nachdem das Licht pünktlich um 22 Uhr gelöscht wurde und Mark sich zum Schein schlafen legte, war er aufgeregter als vor seiner entscheidenden Abiturklausur. Der gefährlichste Teil seiner Flucht stand noch bevor.

***

Gary hatte es eindeutig übertrieben. Dass er sie geschlagen hatte, fand Jana schon schlimm genug. Aber nachdem sie ihm klar zu verstehen gegeben hatte, dass sie zurück zu ihren Gasteltern wollte, sperrte er sie ein.

Was war denn bloß los mit ihm? Wenn er glaubte, sie würde sich das einfach so gefallen lassen, hatte er sich aber geschnitten. Völlig enttäuscht und wütend setzte sie sich auf das Bett und heulte los. Sie weinte so lange, bis sich keine Flüssigkeit mehr in ihren Augen zu befinden schien. Jana griff zu ihrem Tagebuch und suchte nach den glücklicheren Tagen, blätterte planlos darin herum. Sie hatte sogar aufgeschrieben, was sie alles mitgenommen hatte. Während sie die Zeilen durchlas, blieb ihr Blick an dem Wort ‚Ladekabel' hängen, sie blickte durch das Fenster nach draußen.

»So ein Arschloch«, hörte sie sich selbst sagen. »Ich habe das Kabel gar nicht vergessen, der wollte nicht, dass ich das Telefon aufladen kann. Der hat die ganze Aktion von Anfang an so geplant.« Völlig frustriert warf sie das Tagebuch gegen die Tür, ging hinterher und rüttelte an dem verschlossenen Mistding. Die gab keinen Millimeter nach. Danach untersuchte sie das Fenster. Dieses beknackte Blockhüttenfenster, das einzige, ließ sich nicht öffnen. Mit dem Ellenbogen stieß sie mit ganzer Kraft gegen die Scheibe. Außer einem höllischen Schmerz tat sich gar nichts. Sie hastete zur Küchenzeile, riss die Schublade auf und suchte nach einem geeigneten Werkzeug. Ein Hammer war hier natürlich nicht zu finden. Hektisch wühlte sie das Besteck durch und griff nach dem Schleifwerkzeug, das wohl zum Schärfen von Messern diente. Unten am Griffstück befand sich eine kleine Spitze aus Metall. Damit müsste es eigentlich klappen. Bevor sie das Werkzeug ausprobierte, schaute sie nach draußen, ob sie Gary irgendwo entdecken konnte: Nichts zu sehen von ihm. Auch der Jeep war weg.

Zwei kräftige Schläge mit der Metallspitze des Messerschärfers genügten, um das Fensterglas zum Springen zu bringen. Ängstlich schaute sie nach draußen, horchte angestrengt. Nichts, außer Vogelgezwitscher.

Sie nahm sich ein Küchentuch, entfernte die restlichen Scheibenstücke aus dem Fenster und kletterte hindurch. Bei der Landung auf dem Knie zog sie sich eine Schürfwunde zu. Sie ignorierte den Schmerz und rannte los, direkt in den Wald.

Um sich nicht zu verlaufen, blieb sie immer in Sichtweite der Nebenstraße, die vom Blockhaus auf die Hauptstraße führte. Von da aus würde sie schon die Stadt finden oder zumindest jemanden, der ihr helfen könnte.

Jana musste, völlig außer Atem, Pause machen, hockte sich hinter einen Baum und wischte sich mit ihrem T-Shirt den Schweiß von der Stirn. Bevor sie weiterlief, horchte sie in den Wald hinein und hörte zunächst das Motorengeräusch eines Autos. Dann vernahm sie Textfetzen eines Liedes, das Gary und sie die vergangenen Tage oft gehört hatten:

Tonight we are young, so let's set the world on fire, we can burn brighter than the sun…

(Heute Nacht sind wir jung, lass uns die Welt in Brand stecken, wir können heller strahlen als die Sonne…)

Der Schreck schoss in jede einzelne Zelle ihres Körpers, als sie *IHN* singen hörte.

I will carry you home toniiiiiiiight.

(Ich werde dich nach Hause bringen, heute Naaaacht)

***

23:55 Uhr.

Mark stieg so leise aus dem Bett, wie er nur konnte. Eigentlich völlig unnötig, da ja Geräusche in seinem Zimmer normal waren. Seine Jeans und sein weißes Hemd hatte er schon vor dem Schlafengehen angezogen. Behutsam drückte er die Klinke herunter. Sie ließ sich nicht öffnen.

Panisch riss er an der Tür, schließlich gab diese nach. Sie war unverschlossen, hatte sich nur verkantet. Er drückte die schwere Metalltür so weit zu, dass nur noch ein Spalt zu sehen war und lugte hindurch. Kein Pfleger war auf dem Flur zu erkennen, und so langsam gewöhnten sich seine Augen auch an die Neonflurbeleuchtung. Er warf einen letzten prüfenden Blick auf seinen Radiowecker.

»*Mach's gut Kumpel, mich wirst du hier nicht wieder sehen*«, sagte er innerlich, als wäre der Radiowecker sein treuer Freund gewesen. Durch einen Griff an die Gesäßtasche seiner Jeans fühlte er die Plastikkarte. Diese Karte war sein Ticket in die Freiheit und verlieh ihm ein gutes Gefühl. Er schlich aus dem Zimmer und drückte die Tür von außen zu. Hastig schritt er voran, während sein Puls hämmerte, als wäre der Teufel hinter ihm her.

Die massive Doppeltür hatte auf jeder Seite ein Fenster, das wohl mit splitterfestem Glas ausgestattet war. So deutete er jedenfalls die quadratischen Drahtmuster. Das silberne Kartenlesegerät ragte an der linken Seite hervor. Mark zückte die

Karte und wollte sie durch einen Schlitz ziehen, wie beim Bezahlen mit der Kreditkarte. Er zitterte, und die Karte fiel ihm beim Einführen aus der Hand. Hektisch hob er sie auf und ermahnte sich selbst, doch ruhig zu bleiben. Beim zweiten Versuch klappte zumindest das Durchziehen der Karte. Aber was sollte diese Anzeige?

Unknown ID

Das darf doch nicht wahr sein! Mark brach der kalte Schweiß aus. Hatten sie den Diebstahl entdeckt und die Karte gesperrt? Er nahm sie, zog sie erneut durch, dieses Mal langsamer. Noch nie hatte sich Mark über ein Türsummen so gefreut. Die ersten beiden Hürden hatte er genommen. Nun kam Hürde Nummer drei: Vorbei am Schwesternzimmer und dem Bereich, in dem ihn auch anderes Personal hätte entdecken können.

Mark kramte in seinem Gedächtnis: Hinter dem Schwesternzimmer die dritte Tür rechts, »dort findest du eine weiße Hose und einen Kittel«, lautete eine der vielen Anweisungen. Im Zeitfenster zwischen 0:05 und 0:20 Uhr sollte sich im mit großem Sichtfenster versehenen Zimmer keiner aufhalten. Aus ca. 15 Schritten Entfernung konnte Mark auch niemanden erkennen. Er marschierte vorbei am Schwesternzimmer und geriet fast ins Rennen, um schließlich im Umkleideraum zu verschwinden.

***

Vor Schreck kauerte sich Jana hinter einen Baum und hoffte inständig, dass Gary sie nicht gesehen haben möge. Ihr erster Gedanke war gewesen, dass er nur dieses Lied spielte und mitsang, weil er sie schon längst gesehen hatte und ihr Angst einjagen wollte. Die Geräusche wurden immer lauter, bis sie langsam wieder leiser wurden. Er war auf dem Weg zur Hütte. Jana sah ihm nun doch hinterher, nur um sicher zu gehen, bis er hinter einer Kuppe verschwunden war. Mehr als zwei oder drei Minuten würde er nicht benötigen und dann feststellen, dass sie abgehauen war.

So sprang sie auf und rannte los. Es fiel ihr schwer, auf dem unebenen Waldboden das Gleichgewicht zu halten. Durch Baumwurzeln kam sie immer wieder ins Straucheln. Zumindest ging es bergab. Ein versteckter Baumstumpf brachte sie zu Fall. Natürlich fiel sie auf das Knie, das eh schon durch den Sturz aus dem Fenster ramponiert war. Als sie den Schmerz spürte, hörte sie einen lauten, fast unmenschlichen Schrei. So musste sich jemand anhören, der bei lebendigem Leib auf dem Scheiterhaufen verbrannt wurde. Obwohl die Blockhütte bestimmt eine Meile entfernt lag, ging ihr dieser Schrei durch Mark und Bein. Danach ein deutlicher, aber nicht weniger lauter Ruf. Gary rief nur ihren Vornamen. Sie hatte ihren Namen noch nie gerne gemocht. Jetzt hasste sie ihn.

Sie musste sich weiter von dem Feldweg entfernen. Sie zwang sich hoch und lief davon. In der Ferne hörte sie einen aufheulenden Motor. Soweit sie sich erinnerte, gab es nur diesen einen Weg zur Hauptstraße, eben über diesen Feldweg. Ihr einziger Vorteil war, dass Gary nicht wusste, auf welcher Seite des Weges sie sich befand.

Die Sonne war schon untergegangen. Es würde vielleicht noch eine halbe Stunde dauern, bis es richtig dunkel wurde. Bis dahin wollte sie sich verstecken, um dann im Schutze der Dunkelheit irgendwie zur Hauptstraße zu kommen, den nächstbesten Wagen anzuhalten und um Hilfe zu bitten.

Den Jeep hatte sie seit einigen Minuten nicht mehr gehört, auch die Stimme von Gary nicht. Er musste angenommen haben, dass sie vielleicht schon viel weiter weg war, und suchte sie dort. Hoffentlich!

In ihrem durchgeschwitzten T-Shirt wurde ihr allmählich kalt. Zu doof, sie hätte wenigstens ihre schwarze Lederjacke mitnehmen können. »Wenn dir kalt ist, musst du dich bewegen«, hatte ihr Vater ihr immer eingeschärft, wenn sie als kleines Kind gefroren hatte. *Steh auf, beweg dich!* Sie versuchte den Feldweg wiederzufinden. Ohne diese Orientierung würde sie die

Hauptstraße niemals erreichen und sich in diesem bescheuerten Wald verlaufen.

Inzwischen war es so dunkel geworden, dass sie den Feldweg beinahe gar nicht erkannt hätte, als sie mitten drauf stand. Nur der relativ ebene Untergrund verriet ihr, dass sie ihn gefunden hatte. Aber in welcher Richtung befand sich nun der Freeway? Sie fuhren fast nur bergauf, wenn sie von der Blockhütte weggefahren waren. Ok, also bergauf. Sie beschloss, zwar nicht direkt auf dem Feldweg, aber in unmittelbarer Nähe zu bleiben, und marschierte los.

Dieser Scheißweg schien kein Ende zu nehmen. Mit dem Auto waren es doch immer nur ein paar Minuten gewesen, oder nicht?

Endlich sah sie ein Licht, das sich bewegte, genau genommen zwei Lichter. Es kam aus einer ganz anderen Richtung als der Feldweg. Das musste die Hauptstraße sein. Sie rannte los, kam ins Stolpern und fiel hin.

»So ein Kack!«, maulte sie, stand auf und lief weiter. Sie hatte kaum noch Kraft in den Beinen, ihre Oberschenkel brannten. Aber so kurz vor der Rettung aufgeben, das würde keiner machen. Als sie endlich den Freeway erreichte, sah sie nur noch die Rücklichter.

»Mensch!«

Sie versteckte sich am Straßenrand und hoffte, dass in dieser verlassenen Gegend ein Auto oder ein LKW vorbei kämen. Ein Truck wäre ihr sogar lieber gewesen, dann wüsste sie schon von weitem, dass es nicht Gary sein konnte.

Ihr wurde immer kälter, sie zitterte. Als sich nach einer gefühlten Ewigkeit die nächsten Lichter näherten, betete sie inständig, es möge kein roter Jeep sein. Der Wagen kam näher und näher. Es war ein Jeep. Ihr Herzschlag schien aufzusetzen.

»Bitte nicht«, sagte sie flehend.

Der Jeep wurde langsamer, und er war weiß. Am liebsten wäre sie dem Fahrer um den Hals gefallen.

»Was machst du denn um diese Uhrzeit am Straßenrand?«, fragte der graubärtige Fahrer, als er die Fensterscheibe elektronisch heruntergelassen hatte.

»Bitte helfen Sie mir. Ich muss in die nächste Stadt.«

»Na, dann spring hinten rein.«

Ihr fielen zentnerschwere Steine vom Herzen.

»Das ist ja ein Zufall«, sagte der kauzige Fahrer, »mein Beifahrer hier braucht auch Hilfe, der hatte keinen Sprit mehr.«

In der Dunkelheit hatte sie gar nicht auf den Mann geachtet. Er drehte den Kopf und sagte:

»Hallo, ich bin Gary.«

***

Am liebsten hätte Mark sich eine Kapuze übergezogen oder sich unsichtbar gemacht, wie in einem von diesen alten Schwarz-Weiß-Filmen. Einer hieß sogar »Der Unsichtbare«. Er traute seiner Pfleger-Tarnung irgendwie nicht, obwohl die weiße Kleidung echt und die schwarze, langhaarige Perücke sehr gut ausgewählt worden waren. Er befürchtete trotzdem, jederzeit erkannt und angesprochen zu werden:

»Na, Mr. Bornke, wo wollen wir denn hin? Ich bringe Sie besser wieder in Ihre Zelle, wo Sie hingehören.«

Kati musste sich wirklich den idealen Zeitpunkt ausgesucht haben. Bis zum Pförtner begegnete ihm keine Menschenseele.

Vor lauter Aufregung würde er jetzt doch hoffentlich nicht den heikelsten Teil seiner Flucht vermasseln, oder? Kati hatte ihm in den Nachrichten haarklein eingeschärft, wie er sich gegenüber dem Pförtner verhalten sollte.

Ein langhaariger Pflegeschüler, Rick, hatte ungefähr seine Größe, schwarze lange Haare und war begeisterter Heavy-Metal-Fan. Er hatte es sich angewöhnt, mit einem Metalgruß: Gestreckter Zeige- und kleine Finger der rechten Hand, die sogenannte Pommesgabel und einem lässigen

»Take it easy, Buddy«, am Pförtner vorbeizugehen.

Mark versuchte, so gut er konnte, dieses Verhalten zu imitieren. Obwohl er sich nicht traute, dem Pförtner in die Augen zu sehen, sah Mark aus den Augenwinkeln, dass dieser nicht mal aufschaute, er war offenbar in eine Zeitschrift vertieft und murmelte nur:

»Have a good one.«

Mark beschleunigte seinen Schritt und hätte am liebsten losgeschrien, als er das erste Mal seit zwei Wochen die sommerliche Frischluft spürte. *Nur nicht durchdrehen jetzt*, mahnte er sich und bog zielstrebig nach links ab.

Durch die detaillierte Wegbeschreibung konnte Mark die Wohnung von Kati Prescout ohne Probleme finden. Wie versprochen fand er den Wohnungsschlüssel unter einem Blumentopf auf der Veranda.

Kapitel 7

Der Teil der Wohnung, den Mark schon gesehen hatte, wirkte sauber und ordentlich. Die Wände mit einem dezenten, aber warmen Orange verputzt, die blaue, in Blumenmustern gehaltene Couch sah aus, als würde man in ihr versinken, wenn man sich reinsetzte. Es fiel ihm leicht, sich hier wohl zu fühlen. Wenn es unter anderen Umständen gewesen wäre, hätte er sich hier richtig fallen lassen können.

Obwohl er ja dazu eingeladen worden war, diese Wohnung als ersten Unterschlupf zu nutzen, fühlte er sich dennoch wie ein Einbrecher. Schließlich war Kati noch nicht von der Nachtschicht zurück, und er betrat ihre Wohnung und damit ihren intimen Bereich. Er nahm sich vor, sie heute noch zu fragen, womit er dieses Vertrauen eigentlich verdient hatte.

Um nichts zu tun, was sie verärgern könnte, nahm er sich nur eine Dose Bier aus dem Kühlschrank und setzte sich auf die Couch im Wohnzimmer. Mark überlegte, ob er kurz in ihr Schlafzimmer blicken sollte. Eigentlich gehörte sich das ja nicht. Er wollte nur einen kurzen Blick reinwerfen und dann wieder ins Wohnzimmer gehen.

Er drehte den runden Türknauf, knipste dann den Lichtschalter des mutmaßlichen Schlafzimmers an und wunderte sich, dachte, es wäre ein Kinderzimmer. In dem kleinen Schlafzimmer stand ein Hochbett. Vermutlich war es einfach aus Platzgründen eingebaut worden, zumindest sah er kein Spielzeug oder andere Sachen, die auf ein Kinderzimmer hätten schließen können. Er löschte das Licht und schloss die Tür. *Das geht dich gar nichts an,* schalt er sich und nahm einen kräftigen Schluck Bier. Erst jetzt bemerkte er, dass er noch diesen albernen Krankenhauskittel trug. Er zog ihn aus, setzte sich auf die Couch und lümmelte sich in das kuschelige Sofa.

»Bist du bereit für ein kräftiges Frühstück?«

Mark musste eingeschlafen sein. Inzwischen war es schon hell, und er versuchte sich erst einmal zu orientieren. Auf dem Couchtisch stand seine Dose Bier, und er lag mehr als dass er saß.

»Ähm, hallo erst mal.«

»Ich wollte dich nicht wecken, ich bin schon seit einer Stunde hier, aber du hast so selig geschlafen.«

»Wie spät ist es denn?«

»Gleich acht.«

»Also Frühstück wäre toll, wenn du schon so lieb fragst.«

»Oder möchtest du zuerst duschen?«

»Nein, nein, keine Umstände«, sagte Mark und schlenderte an dem mit Hochstühlen versehenen Tresen an der halb offenen Küche vorbei, »ein Frühstück ist jetzt genau das richtige.«

Von der amerikanischen Frühstückskultur hielt Mark an sich wenig, aber was Kati da aufgetischt hatte, sah sehr lecker aus. Bagels, Marmelade, Käse, Orangensaft, und der heiße Kaffee duftete verlockend. »Wie willst du deine Eier? Du magst doch Eier, oder?« fragte Kati am Herd stehend.

»Ja, klar. Als Spiegelei bitte.«

Mark konnte sich nicht erinnern, wann er das letzte Mal so ein leckeres Frühstück verzehrt hatte. Wahrscheinlich schmeckte es auch deshalb so gut, weil es sein erstes Essen in Freiheit war. Ihm kam es vor, als hätte er mehrere Monate in der Zelle gesessen. Nachdem er sich den Mund mit der Serviette abgewischt hatte, sagte er:

»Danke für das tolle Frühstück. Wie kommt es eigentlich, dass du mir von Anfang an so sehr vertraut hast?«

»Ich weiß mehr über dich, als du glaubst. Zum Beispiel, dass deine Version der Geschichte stimmt.«

»Aha«, Mark zog die Stirn in Falten. »Wie denn das?«

»Eine Freundin von mir arbeitet an der Forks High School«, begann Kati. »Ich rief sie an und fragte sie, ob sie im letzten Jahr eine Austauschschülerin aus Deutschland mit Nachnamen Bornke hatten. Sie meinte, dass sie zwar keine Bornke gehabt hätten, aber eine tolle Schülerin aus Deutschland mit dem Namen Jana Zühlke.« Kati legte eine Pause ein und schaute Mark tief in die Augen.

»Ich weiß also auch, dass du mit Janas Mutter nicht zusammenlebst.«

»Das ist richtig. Jana lebt mit ihrer Mutter in München, und ich lebe in Freiburg, falls dir diese Städte etwas sagen.«

»München schon, die andere nicht.«

»Aber warum hast du nicht, wie die anderen, gedacht, das ist ein neuer Verrückter, den man einsperren muss? Also, ich meine, warum hattest du von Beginn an diese Zweifel an der offiziellen Version?«

»Weibliche Intuition. Ich wusste es einfach, als ich dich zum ersten Mal gesehen habe, dass du ein guter Mensch bist. Deren Anschuldigungen konnten einfach nicht wahr sein Meine Nachforschungen bestätigten dann mein Gefühl.«

Mark nahm das als Kompliment wahr, aber es war ihm irgendwie unangenehm. Er wechselte bewusst das Thema.

»Hast du denn irgendeine Idee, wo Jana jetzt stecken könnte?«

»Ja, eine sehr gute sogar.«

»Was?« Mark stand vom Stuhl auf, dabei stieß er die Kaffeetasse vom Tresen, und sie zerbrach.

»Sorry…« Mark ging in die Hocke, um die Scherben aufzusammeln, aber Kati hielt ihn auf.

»Lass nur, ich mach das…«, sie nahm eine paar Tücher von der Küchenrolle und wischte den Kaffee auf, »…setz dich einfach wieder. Ich erzähle dir ja alles in Ruhe.« Mark gehorchte, und Kati entfernte noch die restlichen Scherben.

»Wo ist sie denn? Was ist mit ihr passiert? Geht es ihr gut?«

»Sie ist mit ihrem Freund abgehauen nach Vancouver- Island.« Mark sprang erneut auf.

»Das glaube ich nicht, nie und nimmer! Sie hätte mir Bescheid gesagt!« Vor Erregung haute Mark mit der flachen Hand auf den Tresen. Zu spät merkte er, dass er das gar nicht gewollt hatte.

»Jetzt beruhige dich. Lass mich doch zu Ende erzählen. Also: Kurz bevor sie weg sind, hat sie ihre beste Freundin Martha angerufen. Sie hat ganz euphorisch erzählt, dass sie mit ihrem Freund Gary auf eine Insel fahren würde.«

»Ok, das deckt sich mit der SMS, die du in meinem Handy gefunden hast. Weiter!«

»Eben. Aber willst du jetzt nicht erst einmal duschen? Die weiße Pflegerhose mit den Kaffeeflecken kleidet dich nicht gerade besonders gut.« Mark hatte vor lauter Aufregung gar nicht gesehen, dass auch ein paar Kaffeespritzer auf seiner Hose gelandet waren. Es war ihm aber auch herzlich egal.

»Ich mache dir einen Vorschlag. Du duschst jetzt, und dann reden wir weiter, ja?« Katis Gesichtsausdruck sah so aus, als würde sie keinen Widerspruch dulden. Also fügte er sich und ging ins Badezimmer, obwohl er darauf brannte, endlich die Neuigkeiten zu hören. Aber: Es stand jetzt schon fest. Sie lebte. Sein großes Mädchen, sein Engel lebte!

Nach ein paar Minuten kam Kati in das Badezimmer und legte nagelneue Jeans und ein frisches Hemd, Unterhose nebst Socken für ihn bereit, und rief ihm zu:

»Ich habe dir letzte Woche frische Sachen zum Anziehen gekauft. Sie müssten eigentlich passen.« Mark lachte unter der Dusche und fragte:

»Womit habe ich das denn alles verdient?«

»Nicht alle Menschen in den Vereinigten Staaten sind schlecht, mein Lieber.«

»Woher weißt du, dass es Vancouver Island ist, also dass dieser Typ und Jana dort sind?«

»Erstens sagte Jana ihrer Freundin, dass es eine riesige Insel ist, und zweitens kommen die Großeltern von Gary aus Vancouver-Island, aus der Nähe von Victoria. Drittens behauptete sie, du hättest euren Urlaub um drei Wochen verschoben.«

»Hä? Aber das habe ich nicht«, sagte Mark und schaute mit dem Kopf aus der Duschkabine. Sie reichte ihm ein großes weißes Handtuch und drehte den Kopf dabei weg.

»Ich vermute, Gary hat ihr so etwas erzählt, dass du versucht hast, sie zu erreichen und er es entgegengenommen hat.«

»Ok, verstehe. Das erklärt zumindest ihr Verhalten. Aber wie finde ich sie denn jetzt?«

»Deinen Pass kannst du jedenfalls nicht benutzen. Du wirst inzwischen polizeilich gesucht.«

»Das war ja zu erwarten.«, meinte Mark, während er sich abtrocknete.

»Ich warte draußen, bis du dich angezogen hast.«

Als Mark aus der Tür stürmte, stießen sie zusammen. Sie kam ins Straucheln, aber er hielt sie fest, sodass sie nicht hinfiel.

»Na super, jetzt renne ich meine Retterin auch noch über den Haufen. Du musst ja eine tolle Meinung von mir haben.« Kati lächelte verlegen.

»Bisher ist meine Meinung über dich gar nicht so schlecht.«

Zuerst wollte Mark seinem Impuls folgen und sie einfach küssen. Aber er hielt es in der Situation und zum jetzigen Zeitpunkt für unangemessen.

»Ich habe mich noch gar nicht bedankt für alles, was du für mich getan und riskiert hast. Du bekommst doch bestimmt großen Ärger in der Klinik, oder?«

»Bis jetzt nicht. Sie vermuten zwar, dass jemand dir geholfen haben muss, aber der Verdacht fällt erst einmal auf meine Kollegin. Die mochte ich aber noch nie. Genauso wenig wie unseren Doc, also Doktor Hagerman.«

»Ich kenne ihn nicht richtig…«

»Wie gesagt, der Doc ist ein Arsch, er hat meinen alten Chef rausgemobbt. Seitdem bin ich bei allem misstrauisch. Und ich habe zufällig ein Telefonat zwischen ihm und dem Sheriff aus Belfair mitbekommen.«

»Und? Was hat er gesagt?« Mark nestelte nervös an seinem T-Shirt herum.

»Im Grunde nicht so viel. Er unterbrach irgendwann das Telefonat, um die Tür zu schließen, die noch einen Spalt offen stand. Aber er redete auf den Sheriff ein, dass die Sache irgendwann rauskommen würde und dass man vorsichtig sein müsse. Es fiel zwar nicht dein Name, aber er sprach immer wieder von dem Deutschen, und du warst der einzige Deutsche bei uns.« Sie schaute Mark dabei in die Augen, viel länger als nötig, und lächelte dabei.

»Wie komme ich denn nun nach Kanada, um Jana zu suchen?«

»Pass auf. Ich habe dir hier alle Informationen, die ich habe, zusammengeschrieben.« Sie reichte ihm das handgeschriebene Schriftstück.

»Ich muss jetzt erst mal schlafen. Du darfst aber meinen Laptop benutzen, der über WLAN mit dem Internet verbunden ist.«

»Ich weiß gar nicht, wie ich dir danken soll. Und ich möchte auch nicht, dass du meinetwegen in Schwierigkeiten kommst.« Mit einer Handbewegung, die seine Bedenken wegwischen sollte, sagte sie:

»Schon in Ordnung, ich stecke eh schon in der Geschichte drin, und ich mache das gerne für dich.«

»Danke, ich danke dir sehr.«

Kati wurde ganz rot im Gesicht und verschwand schnell in ihrem Schlafzimmer.

Mark tauchte ab in die Welt des grenzenlosen Internets, eine großartige Quelle für Informationen.

***

Jana schrie. So schrill, dass der Fahrer reflexartig in die Bremsen stieg.

»Was ist denn jetzt los?«, fragte er erstaunt.

»Der Typ verfolgt mich, bitte fahren Sie zur Polizei.« Der bärtige Fahrer blickte fragend zu seinem Beifahrer.

»Ich weiß nicht, was sie hat, ich kenne sie gar nicht«, sagte Gary mit einem Gesichtsausdruck als könne er keiner Fliege was zu Leide tun.

»So! Jetzt hört ihr mir mal zu, alle beide. Ich habe keine Ahnung, was hier vor sich geht. Genau genommen interessiert es mich auch gar nicht. Ich will keinen Ärger, schon gar nicht mit der Polizei. Mit denen will ich nichts zu tun haben! Habt ihr mich verstanden?«

»Sie verstehen nicht. Der Typ belästigt mich«, empörte sich Jana. Gary fing an, laut schallend zu lachen. Sie kannte dieses Lachen aus den Theaterstücken, es klang sogar für sie überzeugend.

»Der Typ heißt Gary Winslow, und er verarscht Sie!«, schrie sie den Fahrer an und rüttelte am Vordersitz.

»Kann sein, kann nicht sein. Woher soll ich wissen, wer von euch beiden lügt oder spinnt?« Als er anfuhr und den Wagen wieder auf die Straße lenkte, wurde Jana hysterisch und griff ihm ins Lenkrad.

»Verdammte Scheiße!«, brüllte der Fahrer, und es gelang ihm, den Wagen so gerade eben auf der Straße zu halten. »Jetzt langt´s, du tickst nicht ganz sauber, hysterische Göre. Raus mit euch, sofort! Den Kanister Benzin nehmen Sie auch mit, Mr. Hagen, wenn das überhaupt Ihr richtiger Name ist.«

***

Dunkelheit.

Jana wusste nichts mehr, seit sie aus dem Auto ausgestiegen waren. Sie musste das Bewusstsein verloren haben - und jetzt: Wo war sie?

Sie konnte nichts sehen. Gar nichts. Aber sie hatte doch die Augen geöffnet. Es roch moderig und nach Erde. Hoffentlich war das Ganze nur ein Alptraum und kein Sarg, in dem *ER* sie lebendig begraben hatte.

Sie streckte die Arme aus und fühlte Holz. Sie lag also in einer Art Kiste, denn sie konnte die Arme nicht mal ganz ausstrecken. *Wie konnte dieser Arsch so etwas tun?* Er liebte sie doch, jedenfalls hatte er das immer beteuert. Ihre Kehle schnürte sich zu, und sie meinte, einen Druck um ihren Brustkorb zu verspüren. Sie konnte zwar atmen, aber wie lange noch? Panische Angst stieg in ihr auf.

»Heeeeeyyyy, hallooo…!!!« Keine Reaktion, die blöde Kiste schien alles zu verschlucken, und sie fing an zu husten.

»Ich will hier raus…«, die letzten beiden Worte gingen in flehentlichem Weinen unter. Sie heulte hemmungslos, bis einfach keine Tränen mehr kommen wollten.

Vor lauter Wut hämmerte sie mit den Fäusten gegen das Holz, bis sie wehtaten, winkelte die Beine an und presste die Knie mit ihrer ganzen Kraft gegen den Deckel der Kiste oder was das auch immer war.

Keine Chance.

Alleine würde sie hier nie rauskommen. Ihre einzige Hoffnung bestand darin, dass der kauzige Jeep-Fahrer es sich doch noch anders überlegt hatte und zur Polizei gehen würde. Sie hätte nicht so hysterisch reagieren und ihm ins Lenkrad greifen dürfen. Wahrscheinlich dachte er, dass sie Drogen genommen hatte. Aber das wäre doch eigentlich ein weiterer Grund, zur Polizei zu gehen. Es war zum Ausrasten. Obwohl sie wusste, dass es nichts bringen würde, fing sie erneut an zu schreien. Das heißt, sie wollte es. Es drang jedoch kein einziger Laut aus ihrem Mund…

***

Mark wunderte sich über die Vielzahl von Daten, die ihm Kati übergeben hatte. Sie hatte sich offensichtlich große Mühe gegeben. Ihm war immer noch nicht ganz klar, warum sie das alles für ihn tat. Ok, sie hasste ihren Chef, aber riskierte man einen Job für einen Mann, den man kaum kannte, und den man lediglich für unschuldig hielt? Er fragte sich, wie er das wieder gutmachen könnte, ihre Hilfe und großartige Unterstützung, aber darüber konnte er sich noch Gedanken machen, wenn er Jana gefunden hatte.

Er hatte sie noch nicht mal gefragt, ob sie alleine lebte. Sie hatte ihn allerdings auch nicht danach gefragt, ob er in Deutschland eine Partnerin an seiner Seite hatte. Seit seiner Scheidung hatte er immer mal wieder eine Beziehung gehabt, aber die meisten hielten nur wenige Monate. Momentan gab es keine Frau, die auf ihn wartete.

Doch - seine Tochter!

Die Großeltern von diesem Gary Winslow hießen Tom und Elisabeth Winslow und waren beide über 70 Jahre alt. Leider fand er keine Adresse, es stand dort nur: »Greater Victoria area, Vancouver-Island, British Columbia.« Zunächst machte sich Mark mittels Google Maps und Wikipedia über die Gegend vertraut. Victoria, die mit Abstand größte Stadt auf Vancouver Island, lag direkt an der Südküste, und zog Jahr für Jahr viele tausend Touristen an. Einige behaupteten, es sei die britischste aller kanadischen Städte.

Mark bezweifelte, dass er über Facebook an die Adresse der Großeltern kam. Er versuchte es trotzdem, konnte entsprechende Ergebnisse aber nicht finden. Eine Google-Suche des Namens ‚Tom Winslow British Columbia‘ gab einen wertvollen Hinweis, wenn es sich um den Tom Winslow handelte, den er suchte. Er wurde als Vorsitzender einer Veteranenvereinigung aufgeführt, die zu ihrer wöchentlichen Zusammenkunft in ihrem Clubhaus in

Victoria aufriefen. Mark notierte sich die Adresse und die Telefonnummer.

Ein Porträt von Gary Winslow fand sich wesentlich leichter. Er wurde als Medizinstudent an der Universität, inklusive Lebenslauf, aufgeführt. 20 Jahre alt, geboren in Seattle, viertes Semester, als Interessen wurden Theaterspielen und Bodybuilding angegeben, außerdem war er Mitglied einer Rockband. Das Foto druckte sich Mark vorsichtshalber sofort aus.

Er rief die Seite der Forks High School auf. Die Schule war kürzlich umbenannt worden, um etwas von dem Ruhm des Örtchens, in deren Gegend die Twighlight-Vampir-Filme gedreht wurden, abzubekommen. Auf der Website fand Mark den Namen seiner Tochter und erkannte sie auf dem Foto der Jahresabschlussfeier. *Super, da hätte ich auch früher drauf kommen können,* dachte er. Damit hätte er doch beweisen können, dass er nicht verrückt war. Nach dem belauschten Telefonat zwischen dem Doc und dem Sheriff hing dieser aber wohl in der Verschwörung mit drin.

Das größte Problem bestand für Mark in der Tatsache, dass er ohne Reisepass nicht nach Kanada kam. Egal ob mit der Fähre, dem Zug oder dem Flugzeug, überall hätte er die lästigen Einreiseprozeduren über sich ergehen lassen müssen. Sein Pass lag aber noch in der Nervenklinik, und selbst wenn Kati diesen rausgeschmuggelt hätte, nützte das nichts, er konnte ihn eh nicht benutzen.

Alle anderen Fragen hatte Mark durch seine Internetrecherche klären können. Er setzte sich vor den Fernseher, schaute sich die Nachrichten an und hoffte, dass Kati nicht allzu lange schlafen würde. Vielleicht hatte sie schon eine Idee für den illegalen Grenzübertritt, zuzutrauen wäre es ihr.

***

Jana spürte eine Hand auf ihrer Schulter. Jetzt verstand sie gar nichts mehr. Sie öffnete die Augen und schrie erneut los.

Ihre Gedanken rasten. Sie fragte sich, welches der schlimmere Alptraum war: Der, aus dem sie gerade erwacht war, oder der, der ihr noch bevorstand? Sie war zurück, zurück in den Händen ihres Freundes. Ihres Ex-Freundes.

»Schön, dass du wieder bei mir bist«, begrüßte Gary sie mit einem diabolischen Grinsen.

Jana konnte gar nichts sagen. Sie zog ihre linke Hand an ihr Gesicht, das heißt, sie versuchte es, kam aber gar nicht bis zum

Ziel. Die Hand steckte in einer Handschelle, die am Bett befestigt war. Sie rüttelte panisch an der linken Hand und schaute Gary fragend an.

»Eine reine Vorsichtsmaßnahme…«, Gary stand auf und goss sich einen Kaffee ein, »…wir wollen doch nicht, dass du wieder etwas Unüberlegtes tust, nicht wahr?«

»Hör auf, so eine Scheiße zu quatschen, Gary, und mach mich los!«

»Aber, aber, wer wird denn da gleich bockig werden, meine Liebe?«

»Wenn du glaubst, dass du damit durchkommst, hast du dich aber geschnitten, Freundchen.«

»Du willst weiter zickig sein? Schön, dann gehe ich jetzt mal spazieren. Herrliches Wetter da draußen.« Gary drehte sich um, löschte das Licht und verließ den Raum. Die Fenster waren vollständig abgedunkelt.

»Hey, bleib da!«, schrie sie ihm hinterher. Er zeigte keine Reaktion. Sie blieb allein zurück mit einem ekelhaften Geschmack im Mund, der sie an ein Krankenhaus erinnerte.

***

Mark hörte, wie eine Tür geschlossen wurde. Gleich darauf das fließende Wasser der Dusche. Viertel nach zwölf, verriet ihm die Zeiteinblendung des Nachrichtensenders. Sie hatte nicht lange geschlafen. Vier Stunden vielleicht.

Mark hatte die ganze Zeit krampfhaft überlegt, wie er ohne Reisepass und ohne große Gefahr, entdeckt zu werden, über die Grenze kam. Im Internet hatte er Berichte über den Arch Park gelesen. Direkt an der Grenze zu Kanada hatte man die Grenzbefestigung abgebaut, um – so hieß es in den Berichten – einen Ort der grenzenlosen Freiheit für Mensch und Tier zu schaffen. Mark nahm jedoch an, dass man, um in diesen Park zu gelangen, auch Kontrollposten passieren musste. Schließlich war er fündig geworden:

Gateway Arch: All visitors must pass through a secure checkpoint into the Visitor Center. Please allow extra time for this check.

Diese Möglichkeit fiel also weg.

»Na, hast du alles gefunden?« Kati wickelte sich ein Handtuch zu einem Turban um die nassen Haare, während sie zu ihm sprach.

»Was? Ja, ja, alles bestens. Ich habe nur überhaupt keine Idee, wie ich ohne das Risiko, entdeckt zu werden, über die Grenze komme.«

Kati grinste: »Warte mal«, nahm sich ihr schnurloses Telefon von der Basisstation und drückte eine Kurzwahltaste.

Mark beobachtete sie und wunderte sich darüber, dass sie vor seinen Augen begann, am Telefon zu flirten. Na ja, ist ja ihr Telefon und ihre Wohnung, dachte er sich. Sie lachte hin und wieder laut und fasste sich mit der Hand verlegen in den Nacken.

Nachdem sie aufgelegt hatte, grinste sie ihn vielsagend an und setzte sich zu ihm auf die Couch.

»So, das wäre erledigt.«

»Ähm, was ist erledigt, wenn ich fragen darf?«

»Ich habe soeben dein Ticket nach Kanada gelöst.«

»Wie denn das?«

»Es gibt da so einen Typen an der Grenze, der war schon seit längerem scharf auf mich. Mein Bruder lebt und arbeitet in Vancouver, und ich besuche ihn ab und zu. Jedenfalls wollte der Grenzbeamte immer mal einen Kaffee mit mir trinken. Irgendwann habe ich mich breitschlagen lassen. Nach der ersten Nacht merkte ich dann, dass der nichts für mich ist, jedenfalls nicht für eine ernsthafte Beziehung.«

»Und der lässt mich nun über die Grenze?«

»Nein, natürlich nicht, ich habe ihn nur gefragt, wann er das nächste Mal Dienst hat. Der wird einen Teufel tun und mich kontrollieren, wenn du in meinem Kofferraum liegst.«

Mark grinste über das ganze Gesicht.

»Ah, jetzt verstehe ich, und wann hat er Dienst?«

»Er hat heute Nachtschicht«, sagte Kati triumphierend und stand auf. »So, ich föhne mir jetzt die Haare und ziehe mir dann schnell noch was an.«

Mark hatte Kati noch gar nicht richtig kennengelernt, aber eines stand bereits fest: Sie schaffte es ständig aufs Neue, ihn zu überraschen.

Frisch frisiert, die schwarzen Haare nicht mehr streng nach hinten gekämmt, sondern offen über die Schultern hängend, stand sie vor ihm.

»Danke, für alles…«, weiter kam er nicht, denn das Telefon klingelte. Kati nahm das Gespräch an:

»Ja?«

»Ja, ist gut, ich bin in einer halben Stunde da.«

Sie sah ernst zu Mark hinüber.

»Das war die Klinik, die Polizei ist vor Ort, und sie wollen mich befragen.«

»Oh nein…«

»Mach dir keine Gedanken. Sie ahnen noch nichts. Wenn sie einen Verdacht hätten, ständen sie schon vor der Tür und würden vermutlich nicht mal klingeln.« Katis Bemerkung ließ Mark schmunzeln.

»Da ist was dran. Also, ich wollte mich nur noch mal bedanken…«

»Na, dann tu es und nimm mich in den Arm.« Mark war so überrascht von der Aufforderung, dass er ihr kommentarlos nachkam.

Es tat gut, es fühlte sich richtig an.

Sie löste sich von ihm und nahm ihren Autoschlüssel.

»Wird hoffentlich nicht so lange dauern.« Mark musste lachen.

»Ich laufe nicht weg.«

***

Dunkelheit.

Ausreichend Luft zum Atmen, aber irgendwie nicht für einen dauerhaften Aufenthalt geeignet. Aber vor allem: Man war einfach ausgeliefert. Nur das gleichmäßige Motorengeräusch vermittelte ein bisschen Sicherheit. Denn es sagte Mark, dass es vorwärts ging.

Ein paar Meilen vor der Grenze hatten sie angehalten, erst dann war er in den Kofferraum gestiegen. Inzwischen wurde im gesamten Großraum Seattle nach ihm gefahndet, ihm, dem gefährlichen Irren aus der Nervenklinik. Radiostationen und sogar lokale Fernsehsender veröffentlichten ein Foto von ihm. Um nicht zufällig erkannt zu werden, hatte Kati ihm eine Perücke besorgt. Zusammen mit der Sonnenbrille sah er nun aus wie Atze Schröder. Die Befragung von Kati hatte ergeben, dass sie noch nicht genau wussten, wer ihm bei der Flucht geholfen hatte. Bisher hatten die Polizisten nur festgestellt, dass mindestens ein Mitarbeiter oder eine Mitarbeiterin geholfen haben musste.

Der Verdacht fiel zwar auf die Pflegerin, deren Karte Kati entwendet hatte. Aber wer würde, wenn er Fluchthelfer wäre, so dumm sein und seine eigene Karte benutzen?

Der Wagen hielt an. Mark konnte hören, dass Kati sich mit einem Grenzbeamten unterhielt. Hoffentlich war es ihr heißer Verehrer. Plötzlich klopfte es an der Kofferraumtür. Marks Herzschlag schien auszusetzen.

Kapitel 8

Das Vernehmungszimmer der Polizei war karg, aber zweckmäßig eingerichtet. Hölzerner Schreibtisch, der von IKEA hätte sein können, Computer, Telefonanlage, zwei Hängeregisterschränke der alten Schule, und auf dem Tisch zwei gerahmte Bilder, vermutlich von der Familie des Sheriffs. Auf Grünpflanzen wurde offenbar kein großer Wert gelegt. Der einsame Ficus auf dem Schreibtisch ließ durstig die Blätter hängen.

Timothy Eaton saß mit verschränkten Armen und grimmigem Gesicht auf einem unbequemen Stuhl. Der Sheriff klapperte auf der Tastatur, um die Angaben zu dokumentieren und Lücken in der Aussage zu vervollständigen.

»Warum sind Sie denn nicht gleich zu uns gekommen?« Dass er einige Gläser Wodka gepichelt hatte, musste der unfreundliche und überkorrekte Officer ja nicht wissen.

»Was weiß denn ich«, brummte Timothy, »ich stand unter Schock, als die Göre mir ins Lenkrad gegriffen hatte.«

»Hm, was ist denn, wenn die Geschichte der Jugendlichen stimmt?«, fragte der Beamte oberlehrerhaft.

»Das ist ja genau der Grund, warum ich hier bin. Ich dachte an dem Abend zuerst, die hat Drogen genommen. Wissen Sie, ich glaube nicht an Zufälle. Zuerst greife ich diesen Typen auf, weil er kein Benzin mehr hatte. Dann läuft mir das blonde Mädchen fast vor das Auto, und dann soll genau dieser Typ ihr Entführer sein?«

»Ich gebe zu, das hört sich wirklich seltsam an. Aber wir müssen immer alle Möglichkeiten in Betracht ziehen.« Nach einem prüfenden Blick auf seinen Bildschirm fragte ihn der Sheriff:

»Fällt Ihnen sonst noch etwas ein, Mr. Eaton?«

»Der Typ kommt aus Seattle, hat er jedenfalls gesagt…«, Timothy schaute nachdenklich Richtung Fenster, »…ich vermute, das Mädchen kommt aus Europa, nicht aus England, aber sie sprach keinen amerikanischem Akzent.«

Konzentriert ergänzte Sheriff Williams die Information im polizeiinternen System und druckte das Protokoll aus, damit Timothy es unterschrieben konnte.

Als sich Timothy seine Aussage durchlas, wusste er gar nicht mehr, ob es richtig gewesen war, zur Polizei zu gehen. Zumindest konnte er sein schlechtes Gewissen beruhigen.

»Sie haben eine großartige Beobachtungsgabe, Mr. Eaton. Ich wünschte, alle Bürger könnten solch detaillierte Personenbeschreibungen abgeben. Ihre Aussage hilft uns.«

»Hm«, brummte Timothy, »war das jetzt alles?«

»Ja. Und danke, dass Sie zu uns gekommen sind, Mr. Eaton.«

***

Mit leicht durchdrehenden Reifen fuhr der 14 Jahre alte dunkelblaue Toyota Corolla los. Flüchteten sie jetzt? Dann müsste er doch gleich Polizeisirenen hören.

Da sie immer weiter fuhren, ohne Sirenengeheul im Hintergrund, gewann Mark den Eindruck, dass doch alles in Ordnung war. Neben dem monotonen Motorengeräusch hörte Mark Gehupe, laute Geräusche, wenn sie einen Lastwagen oder zumindest ein größeres Fahrzeug überholten. Nach quälend langen Minuten stoppte der Wagen und Kati befreite ihn aus dem Kofferraum.

»Langsam scheint es zur Gewohnheit zu werden, dass du mich befreist.«

»Tja, man tut, was man kann.«

»Was war los? Wer hat da auf den Kofferraumdeckel geklopft?«

»Ach, das war nur ein übereifriger Kollege von Kenneth. Der hatte wohl genug von unserem Geflirte und wollte, dass ich endlich verschwinde.«

Die Anspannung fiel erst von Mark ab, als er auf dem Beifahrersitz saß. Seinen ersten Besuch in Kanada hätte er sich viel lieber als normaler Tourist vorgestellt.

»Und du willst dich nicht mal mit deinem Bruder treffen?«

»Er ist gar nicht da, musste beruflich nach Toronto. Es ist sowieso besser, wenn wir gleich die British-Columbia-Fähre nach Vancouver-Island nehmen.«

»Weißt du, ob man am Anleger nach einem Pass oder einer Foto-ID gefragt wird?«

»Glaubst du, ich würde dich auf die Fähre schleppen, wenn ich das nicht schon längst gecheckt hätte?«, fragte Kati gespielt abschätzig.

»Ok, ok, ich ziehe die Frage zurück. Aber sag mal: Wann musst du eigentlich zurück, oder hast du Urlaub genommen?«

Kati holte tief Luft, und es schien so, als achtete sie nicht auf den Straßenverkehr, sondern als ob ihr Blick einfach in die Ferne schweifen würde:

»Ich gehe nicht mehr zurück in die Nervenklinik.«

»Was soll das heißen?«

»Als ich die Klinik heute nach der Befragung verließ, habe ich meine Kündigung in den nächsten Briefkasten geworfen.«

»Du hast wegen dieser Geschichte gekündigt, also wegen mir?«

»Nein. Also irgendwie schon. Ich meine, ich wollte früher oder später eh weg, weg von diesem Arsch, dem Doc. Du warst gewissermaßen nur der Anlass, die Ursache gab es vorher auch schon.«

Mark hatte gar kein gutes Gefühl, als er das hörte. Nachdenklich strich er sich mit Daumen und Zeigefinger über das Kinn:

»Hast du denn schon eine neue Stelle?«

»Hey, jetzt mach dir darüber mal keinen Kopf, ich habe bisher immer was Neues gefunden. Viel wichtiger ist doch, dass wir deine Tochter finden, oder?«

Kati stoppte, stieg aus dem Wagen. Sie hatten den Ort des Anlegers, dessen Namen Mark noch nicht mal aussprechen konnte, Tsawwassen, erreicht.

»Ich bin gleich zurück, kaufe nur eben die Tickets«, sagte Kati und schlug die Autotür zu.

Der Toyota wurde im Unterdeck der Fähre abgestellt, Mark und Kati ließen es sich nicht nehmen, auf das Oberdeck zu gehen, um die frische Meeresluft bei einladendem Sonnenschein zu genießen. Die Perücke hatte Mark im Auto gelassen. Sie gingen nicht davon aus, dass auch in Kanada nach ihm gefahndet wurde, schließlich hatten sie seinen Reisepass.

Als sie eine Meerenge erreicht hatten, glaubte Mark, dass sie gleich anlegen würden. Er drehte sich zur Seite, um zu gehen. Kati hielt ihn am Arm fest.

»Bleib, das dauert noch.«

»Wie, du kennst dich hier aus?«

»Zusammen mit Andrew habe ich diese Fähre benutzt. Wir fahren gleich durch die Schärenlandschaft, ist total schön«, sagte Kati verschmitzt.

Mark erinnerte die Landschaft an Norwegens Fjorde. Die Berge waren hier zwar nur Hügel, aber die Küstenlinie hätte auch nach Bergen oder in den Oslo-Fjord gepasst. Viele Nadelbäume und vereinzelte Holzhütten säumten die Wasserstraße. Die meisten Häuser hatten einen eigenen Steg mit einem daran festgemachten Boot.

Viel mehr als die beeindruckende Landschaft gefiel ihm allerdings das hübsche Gesicht von Kati. Weiche Wangenknochen, ein überwältigendes Lächeln und die wachen, scharfsinnigen Augen hatten es ihm angetan. Erst jetzt, da der ganze Stress ein wenig von ihm abfiel, beobachtete er sie ganz bewusst.

»Du fragtest doch, wie du mir danken sollst«, riss ihn Kati aus seinen Gedanken.

»Äh, ja, genau.«

»Küss mich einfach auf die Wange.« Mark fand die Idee gar nicht schlecht. Ganz kurz, bevor Marks Lippen Katis leicht gerötete Wange erreichten, drehte sie blitzschnell den Kopf und küsste ihn voller Sehnsucht auf den Mund. Ihre Zungen fanden sich, und eine Gefühlswelle brach sich Bahn.

Am liebsten hätte Mark in diesem Augenblick die Zeit angehalten, und er hatte das Gefühl, dass es Kati genauso ging. Nach den letzten, hektischen und nervenaufreibenden Tagen fühlte er sich zum ersten Mal wirklich geborgen.

Er wünschte sich, mehr Zeit für Kati zu haben. Eine Frau, die er kaum kannte, die er aber in sein Herz geschlossen hatte. Nicht nur, weil sie ihm geholfen hatte, sondern weil es sich richtig anfühlte, sie genau jetzt an seiner Seite zu haben.

***

Ihre unnatürliche Körperhaltung verursachte nicht nur Schmerzen im Handgelenk, sondern auch im gesamten linken Arm. Sie musste wenigstens die Handschelle loswerden. Seit Stunden lag sie nun in der Dunkelheit und musste dringend pinkeln. Er konnte sie doch nicht halten wie ein Tier!

Ein zweiter Fluchtversuch dürfte schwierig werden. Sie sollte sich zusammenreißen. Vielleicht konnte sie ihm die liebe Freundin vorspielen, sich entschuldigen. Aber er war nicht doof, damit rechnete er sicherlich.

Die Tür wurde aufgeschlossen. Durch den plötzlichen Lichteinfall blinzelte Jana und hielt sich die rechte Hand vor die Augen.

»Kannst du mich mal auf‘s Klo lassen, Gary? Bitte!«

Gary antwortete nicht, sondern stellte ihr nur einen roten Plastikeimer vor das Bett.

»Das ist nicht dein Ernst, oder? Mach mich los, ich werde mich auch benehmen, versprochen.« Er seufzte, ging zur Tür, schloss zweimal ab, nahm den kleinen Schlüssel aus seiner Hosentasche und hielt ihn ihr vor die Nase.

»Hier! Und wehe, du machst Zicken.«

Gary begleitete sie zum Badezimmer.

»Aber zuschauen willst du mir jetzt nicht, oder?« Eine Flucht hier war unmöglich. Gary schloss widerwillig die Tür.

Jana verrichtete ihr Geschäft und spülte. Sie musste irgendwie sein Vertrauen zurückgewinnen. Er sperrte sie doch nur ein, weil er wollte, dass sie sich nicht von ihm trennte. Der Typ hatte eindeutig einen Schaden. Jana fragte sich, ob es überhaupt Sinn machte, bei einem Verrückten logisch vorzugehen. Aber da musste doch noch etwas in ihm sein, die gute Seite, die sie über Monate in ihm gesehen hatte oder hatte sehen wollen.

Sie öffnete die Tür und zwang sich, ihren Dackelblick aufzulegen. Mit ihren braunen Rehaugen hatte sie ihn sonst immer rumkriegen können, wenn sie etwas gewollt hatte.

»Binde mich bitte nicht wieder fest, ja?« Zornige dunkle Augen starrten sie an.

»Wie soll ich dir denn noch vertrauen? Merkst du denn nicht, was du angerichtet hast?«

Sie nahm seine Hand, wollte ihm Nähe vermitteln.»Hey, du weißt doch, wie sehr ich dich mag!« Bei diesen Worten musste sie einen Würgereiz unterdrücken.

Ihre begrenzten schauspielerischen Möglichkeiten mussten sie entlarvt haben. Sein Blick nahm wieder diese wahnsinnigen Züge an, von denen sie früher in der Theatergruppe gedacht hatte, er könne das beängstigend überzeugend spielen. Heute wusste sie, dass er sich in diesen Situationen nicht verstellt hatte.

Mit nur einer Hand zog er sie Richtung Bett, packte ihren zarten Körper, schleuderte sie aufs Bett und schrie:

»Du falsche Schlange!« Jana begann zu weinen.

Gary ließ die Handschelle klicken, und schon war sie wieder angekettet.

»Dir werde ich noch zeigen, wie man sich benimmt.« Jana nahm die freie Hand vor ihr Gesicht und schluchzte nur noch.

Gary stand auf, hob mahnend den Zeigefinger und sagte streng:

»Das nächste Mal, wenn du etwas von mir willst, wirst du darum betteln.« Er drehte sich um und schickte sich an, das Zimmer zu verlassen.

»Neeeiiiin…, bitte, geh nicht. Ich tue doch alles, was du willst.« Den letzten Satz hatte er wohl gar nicht mehr gehört, so laut hatte er die Tür zugeschlagen und von außen doppelt abgeschlossen.

***

Die Fähre legte in Swartzbay auf Vancouver-Island an. Mit dem Auto brauchten Mark und Kati eine halbe Stunde, um in die Hauptstadt der Provinz British Columbia, Victoria, zu gelangen. Das nächste Veteranentreffen im Clubhaus in der Innenstadt von Victoria fand immer mittwochs statt. Somit hatten sie noch einen ganzen Tag Zeit und mieteten sich in einem der zahlreichen Bed & Breaktfast-Motels ein. Kati ging allein an die Rezeption. Die freundliche alte Dame, die an Mrs. Marple erinnerte, sprach davon, dass es bei ihr keinen neumodischen Luxus gäbe und erzählte von der guten alten Zeit.

Kati lächelte nett und erwähnte beiläufig, dass sie zwei Betten bräuchten, und dass sie mit ihrem Bruder erst mal nur einen Tag bleiben wollte.

Ziemlich erledigt und müde von der Seeluft, schliefen sie rasch ein. Von Alpträumen geplagt, wälzte sich Mark hin und her. Traumfetzen von Polizei, die ihn jagte, vermischten sich wirr mit Janas Hilfeschreien. Schweißgebadet schreckte er mitten in der Nacht hoch, hörte im dunklen Zimmer ein müdes:

»Schlaf weiter, es ist alles in Ordnung.«

Den Weg zum Clubhaus der Veteranen von British Columbia konnten sie bequem zu Fuß zurücklegen. Der Interneteintrag über Garys Großvater war der einzige Ansatzpunkt, den sie hatten. Sie vereinbarten, dass Kati die Fragen stellte, und sie Mark weiterhin als ihren Bruder vorstellte.

»Ich würde mich gerne mit Ihrem Vorsitzenden Tom Winslow unterhalten«, sagte Kati zu einem älteren Herrn, der früher ganz sicher Soldat war, und erntete einen misstrauischen Blick.

»In welcher Angelegenheit?«, fragte der Angesprochene und schaute kritisch über seine Lesebrille hinweg.

»Privat.« Kati legte bei ihrer Antwort ein naives Lächeln auf.

»Nun, wenn es privat ist, sollten Sie eigentlich wissen, dass unser mehrfach ausgezeichneter Vorsitzender Tom Winslow vor zwei Monaten an den Folgen eines Herzinfarktes verstorben ist.«

Kati brauchte ein paar Sekunden, um diese Nachricht zu verdauen.

»Äh, also es geht vielmehr um seinen Enkel Gary Winslow.«

»Warum wollen Sie den Enkel sprechen?«

»Er ist Medizinstudent. Es geht um eine wissenschaftliche Studie, und wir erreichen ihn seit Tagen nicht.«

»Ach, so ist das. Sehen Sie den großen Mann dort drüben in der Ausgehuniform?« Er deutete mit seinem Kugelschreiber auf den Mann.

»Ja.«

»Das ist Major Christian Taylor. Er war der beste Freund von Colonel Winslow. Er kann Ihnen vielleicht weiterhelfen.«

Als sie zu dem Major gingen, dessen Uniform fast zu klein war für die ganzen Auszeichnungen und Orden, raunte Mark ihr zu:

»Was für eine Studie denn?«

»Das ist doch egal, wenn er nachfragt, texte ich ihn mit medizinischen Fachausdrücken zu.«

Kati stellte sich und ihren Begleiter vor.

»Wir suchen den Enkel von Tom Winslow. Wissen Sie, er leistet einen wertvollen Beitrag in der Krebsforschung, und wir erreichen ihn seit Tagen nicht.«

»Der Junge hat fast alles geerbt. Schließlich ist er ja bei seinem Großvater aufgewachsen, nachdem sich sein Vater das Leben genommen hatte, als er ungefähr acht Jahre alt war.«

»Warum hat sich denn sein Vater das Leben genommen?«

»Hm, schlimme Sache damals. Er litt seit Jahren unter schweren Depressionen. Er hat sich auf dem Dachboden erhängt. Gary hat ihn gefunden, machte sich lange Zeit Vorwürfe, dass er ihn hätte retten können, wenn er ihn doch früher gefunden hätte. Das ist natürlich totaler Unsinn.«

»Das tut mir leid. Wissen Sie, wie wir Gary finden können?«

»Er wohnt ja eigentlich in Seattle. Aber die Winslows hatten eine Blockhütte im Wald an einem kleinen See, gar nicht weit von hier. Gary kümmert sich nun darum. Ich weiß aber nicht, ob er zurzeit da ist.«

»Haben Sie vielleicht die Adresse?«

Major Taylor griff in die Innentasche seiner Uniform, holte einen Notizblock und einen Stift hervor, kritzelte drauf los und überreichte ihnen den Zettel.

***

Kati konnte Mark nur mit Mühe davon abhalten, selbst zu fahren. Jetzt, wo er endlich das Ziel vor Augen hatte, konnte er gar nicht schnell genug zu dieser Hütte kommen. Der erfahrene Soldat hatte, wie er es gelernt hatte, neben der Adresse mündlich eine knappe und präzise Wegbeschreibung hinzugefügt. Markante Punkte und Weggabelungen, bis hin zur Kangaroo Road. Es wäre von dort aus noch eine Meile bis zur Hütte, die sogar ausgeschildert sei, beendete er seinen markigen Vortrag.

Ohne sich ein einziges Mal zu verfahren, fanden sie die Abfahrt mit der Ausschilderung »Lake Blinkhorn«. Es würde nicht lange dauern, bis die Dämmerung einsetzte. Sie beschlossen, den Wagen abzustellen und sich zu Fuß auf den Weg zur Hütte zu machen.

Endlich kam die Blockhütte in Sicht. Mark schätzte die Entfernung zur Hütte auf ca. 300 Meter. Ein Fernglas hätte sehr hilfreich sein können, sie hatten aber keines dabei. Die Hütte machte auf die Entfernung hin keinen bewohnten Eindruck. Weder stand ein Auto vor der Tür, noch stieg Rauch aus dem Kamin. Nachdem es anfing zu dämmern, wurde es frisch im kanadischen Sommer.

»Was machen wir jetzt?«, flüsterte Kati, nachdem sie sich wie Pfadfinder in eine Mulde gelegt hatten, damit man sie nicht sehen konnte.

»Du bleibst hier, und ich schaue mir die Hütte aus der Nähe an.«

»Super Idee«, sagte Kati ironisch, »und wenn du ihn oder alle beide siehst, willst du dann Rambo neu verfilmen, oder wie?«

»Ich muss da runter, oder hast du eine bessere Idee?«

»Ts, ts, ein Marketingleiter als Actionheld, das funktioniert nur in Hollywood, und auch da nur bei den ganz schlechten Filmen.« Sie zückte ihr Handy. »Ich rufe die Bullen.«

»Bist du verrückt? Die werden uns kein Wort glauben!«, flüsterte Mark eindringlich.

»Wenn ich einen Notfall melde, müssen die hier rauskommen.« Mark war immer noch nicht überzeugt, aber Kati hatte bereits einen Polizisten in der Leitung.

Sie beendete ihren Notruf mit den Worten: »Ich habe ganz deutlich Hilfeschreie aus der Hütte gehört.«

***

Jana war völlig verzweifelt. Ihre einzige und winzige Hoffnung bestand darin, dass der Jeep-Fahrer sich vielleicht doch noch an die Polizei gewandt haben könnte. Aber selbst wenn er zur Polizei gegangen war, hätte das kaum etwas gebracht, oder?

Sie hätte klüger handeln sollen. Aber das sagt sich so leicht, wenn der Typ, vor dem man die größte Angst hat, überraschend einfach vor einem im Auto sitzt. *Das Mädchen, das in so einer Situation cool reagiert und einfach gesagt hätte:*

»Lassen sie uns doch bitte an einem belebten Ort raus.«, das möchte ich mal sehen, dachte Jana.

Sie hatte mehrfach um Hilfe geschrien, bis sie heiser wurde. Sie hoffte nur, dass er nicht in der Nähe war und ihre Schreie gehört hatte. Aber dann wäre er mächtig sauer geworden und schon längst wieder drinnen.

Noch nicht einmal ihr treuer Gefährte Jacko war ihr geblieben. Weiß der Teufel, was er mit ihm gemacht hatte.

Aber was war eigentlich mit ihrem Vater? Wenn er die Reise gar nicht verschoben hatte, dann müsste er schon seit Wochen in den Vereinigten Staaten sein und nach ihr suchen? Er würde sicher die Polizei verständigen. Tatsache war, dass er sie noch nicht gefunden hatte. Oh Gott! Womöglich war er schon da gewesen und Gary hatte ihn… diesen Gedanken wollte sie nicht zu Ende denken. *Nein! Bitte Gott, mach, dass er ihm nichts getan hat.*

Jana war sich nicht sicher, ob es schlau war, Gary nach ihrem Vater zu fragen. Jede Kleinigkeit konnte ihn wütend machen. Und diese Frage war mit Sicherheit keine Kleinigkeit.

So langsam bekam sie auch Hunger, aber vor allem Durst. Die Tür wurde geöffnet. Gary schien zurückgekommen zu sein. Sie hörte, wie die Tür wieder doppelt verschlossen wurde. Das Licht ging an. Plötzlich klopfte es laut an der Tür. Gary stürmte in das Schlafzimmer und erstickte ihr Kreischen, indem er ihr die Hand vor den Mund hielt.

***

Es war stockdunkel geworden. Nicht mal der Mond lieferte Licht. Die Dunkelheit könnte bei ihrer Befreiungsaktion ein großer Vorteil sein.

Kati wartete in ihrem abgestellten Auto auf die Polizei. Im Wald hätten die Polizisten die beiden niemals alleine gefunden, ohne Suchscheinwerfer oder zumindest Abblendlichter einzusetzen.

»Mrs. Prescout?« Ein Polizeioffizier riss Kati aus ihren Gedanken, indem er an die Scheibe klopfte und ihren Namen rief. Sie stieg aus. Selbst in der Nacht konnte Kati seine autoritäre Ausstrahlung erkennen. Er war bestimmt zwei Meter groß, breitschultrig, und seine grauen Schläfen verrieten, dass er kein Neuling bei der Polizei war.

»Ja. Ich habe angerufen.«

»Ich bin Superintendent Ahearn. Um wie viele Entführer handelt es sich?«

»Wir vermuten nur einen.« Superintendent Ahearn zog die Stirn in Falten.

»Das heißt, Sie wissen es nicht genau. Haben Sie ihn denn gesehen?«

Kati wurde ganz kalt. »Nein, Sir.«

»Was wissen Sie denn genau?«

»Ein 20jähriger Student hält eine 16jährige Deutsche dort gefangen, wir konnten deutlich Hilfeschreie hören.«

»Das heißt, Ihr Begleiter beobachtet weiter die Blockhütte?«

»Richtig.«

»Wissen Sie, ob der Entführer bewaffnet ist?«

»Nein.« Der Superintendent pfiff durch die Zähne.

»Kommen Sie bitte mit in unseren Einsatzwagen. In wenigen Minuten wird eine Sondereinheit hier eintreffen. In der Zwischenzeit können Sie mir zeigen, wo genau sich das Haus befindet.«

Die Planung für den Zugriff war abgeschlossen, die mit Nachtsichtzielfernrohren ausgerüsteten Scharfschützen hatten ihre zugewiesenen Stellungen bezogen, als eine in zivil gekleidete Mitarbeiterin der Sondereinheit an die Tür klopfte. Sie sollte eine Autorfahrerin spielen, die eine Autopanne hatte.

Mark und Kati hielt man aus der Schusslinie. So konnten sie das Klopfen nur ganz leise hören. Was anschließend geschah, dauerte keine zehn Minuten. Die Einsatzkräfte hatten gründliche Arbeit geleistet.

Superintendent Ahearn kam Kati und Mark entgegen und sagte mit strenger und fester Stimme:

»Ich weiß nicht, was Sie gehört haben wollen, aber in der Blockhütte ist niemand. Innen sieht es so aus, als wäre die Hütte in den letzten Tagen überhaupt nicht bewohnt worden.«

»Das gibt's doch gar nicht!«, entfuhr es Mark.

Der Einsatzleiter holte tief Luft: »Ich glaube, es ist Zeit, dass wir uns mal ernsthaft unterhalten.«

***

Gary riss die Schublade auf und knebelte sie mit einem Tape. Jana atmete hektisch durch die Nase und sah ihn eingeschüchtert an.

»Wenn du auch nur versuchst, dich bemerkbar zu machen, wirst du es bitter bereuen.« Er schloss die Schlafzimmertür und öffnete die Wohnungstür. Jana wusste nicht, wer an der Tür war, sie hörte Gary aber schreien:

»Wenn du Penner hier noch mal aufkreuzt, schlage ich dir die Zähne ein. Und jetzt verpiss dich!«

Anfangs hatte Jana Garys eigenwillige Behausung in einem zerfallenen Fabrikgebäude am Stadtrand von Seattle mega-cool gefunden. Die Wohnung war noch nicht mal offiziell gemeldet. Er hatte sie zu einem Loft ausgebaut, der kaum Wünsche offen ließ.

Es musste einen Grund gegeben haben, warum er sie, während sie bewusstlos war, aus dem Versteck in der Blockhütte hierher gebracht hatte. Vielleicht waren sie ihm doch auf die Spur gekommen, und die abgelegene Hütte erschien ihm nicht mehr sicher genug.

Sie ging davon aus, dass es sich bei dem Türklopfer nur um einen Landstreicher handelte, der auf der Suche nach etwas Hochprozentigem war. Der würde hier nicht mehr auftauchen und sich schon gar nicht an die Polizei wenden.

Die winzigen Hoffnungen, die ihr geblieben waren, stellten nichts als Strohhalme dar. Sie fragte sich, wie Gary sich die Zukunft vorstellte, die nächsten Tage und Wochen. Was hatte er davon, wenn er sie angekettet in der Wohnung versteckte? Oder war er ein Sadist, der Spaß daran hatte, andere zu quälen? Bei diesem Gedanken wurde ihr ganz übel, und sie atmete hektisch durch die Nase.

Sie nahm sich vor, sich das nächste Mal besser unter Kontrolle zu haben. Wenn sie genau das tat, was er verlangte, würde sie sich vielleicht Stück für Stück einige Rechte erarbeiten und müsste wenigstens nicht geknebelt angekettet bleiben.

Nachdem er den Penner verscheucht hatte, beachtete er sie gar nicht mehr. Er behandelte sie wie Luft. Fragte nicht mal, ob sie was trinken oder essen wollte, der Arsch.

So konnte es nicht weitergehen.

Jana versuchte an etwas Schönes zu denken. An den letzten Urlaub mit ihrem Vater, den sie in der Schweiz beim Skifahren verbracht hatten. Was hatten sie zusammen für einen Spaß gehabt und gelacht. Sechs Tag Sonnenschein am Stück. Dazu noch dieser herrliche Ausblick über die Gipfel der Alpen. Grenzenlose Freiheit.

Kapitel 9

Das unscheinbar wirkende Hauptquartier des Victoria Police Departments lag in Downtown Victoria in der Caladonia Avenue. Angeblich war das VicPD das älteste Polizeidepartment westlich der Großen Seen.

Noch in der Nacht wurden Mark und Kati in diesem Gebäude befragt. Anfangs zweifelte man an ihrer Glaubwürdigkeit, da die Hilfeschreie offensichtlich erfunden worden waren. Ein Blick in den Polizeicomputer offenbarte jedoch die Aussage von Timothy Eaton. Seine detaillierte Personenbeschreibung stimmte mit der Aussage von Mark hinsichtlich seiner Tochter überein. Auch die von Kati und Mark zusammengetragenen Informationen über Gary Winslow deckten sich mit der Aussage vom Besitzer des Jeeps.

Zwar hatte Mark durch seine Flucht aus der Nervenklinik kein aktuelles Foto von Jana, aber im Rahmen eines High School Projektes wurde ein Video auf youtube veröffentlicht, auf dem Jana nicht nur zu sehen, sondern auch zu hören war.

Der am nächsten Tag ins Headquarter bestellte Timothy Eaton bestätigte nach Ansicht der Bilder zweifelsfrei, dass es sich um die gleiche Jugendliche handelte, die er aufgelesen und die ihm ins Lenkrad gegriffen hatte.

»Und man sperrte Sie in der Nervenklinik in Tacoma weg, weil man Ihnen nicht glauben wollte?«, vergewisserte sich Superintendent Ahearn am nächsten Tag.

»Ja. Ich verstand das ja auch nicht. Bis ich von Kati, also Mrs. Prescout, erfahren habe, dass es sich um ein Komplott des Sheriffs, des Arztes und der Gastmutter gehandelt haben muss.«

»Was für einen Grund könnten die angeführten Leute haben, sich solch eine Lügengeschichte auszudenken?«

»Ich habe nicht die leiseste Ahnung. Sie glauben gar nicht, wie oft ich mir über diese Frage den Kopf zerbrochen habe.«

Der Chefermittler erklärte den beiden, dass die Spurensicherung in der Nacht die Blockhütte gründlich untersucht hatte. Man fand Hinweise darauf, dass die Hütte penibel gereinigt worden war, aber doch bewohnt gewesen sein musste. Nelson Ahearn hielt Mark eine durchsichtige Tüte hin, in der sich eine blau-weiß gemusterte Haarspange befand.

»Gehört diese Haarspange Ihrer Tochter?«

»Mein Gott, ja, die hatte sie sich erst kurz vor ihrem Abflug in die Staaten am Flughafen gekauft.« Mark wischte sich eine Träne aus dem rechten Auge.

»Wo haben Sie die denn her?«

»Unsere Kollegen haben sie in der Hütte gefunden, sie war wohl hinter dem Nachtkästchen eingeklemmt.«

»Was werden Sie nun unternehmen?«

»Von den US-Behörden werden Sie ja weiterhin per Haftbefehl gesucht. Offiziell müssten wir Sie den US-Behörden übergeben…«, Mark und Kati sahen sich erschrocken an, »…aber das werden wir durch die neuen Erkenntnisse natürlich nicht tun.« Erleichtert atmete Mark auf.

»Ich habe das FBI in Seattle eingeschaltet. Keine Sorge, nach der derzeitigen Sachlage wird man Ihnen glauben. Zwei FBI-Agenten sind schon auf dem Weg zu uns. Bitte halten Sie sich weiter in Ihrem Motel bereit.«

Als sich Mark und Kati anschickten, das Büro zu verlassen, fragte der Superintendent:

»Ach, was ich noch fragen wollte: Hatte Ihre Tochter einen Hund, einen Collie?«

»Nein, das heißt ja, also die Gastfamilie hatte einen Collie, Jana war ganz vernarrt in den Hund. Wieso?«

»Wir haben einen Collie hinter der Blockhütte gefunden. Mit durchgeschnittener Kehle.«

***

Unruhig lief Mark im geräumigen Motel auf und ab. Das Zimmer hatte drei Fenster und wirkte durch den Sonneneinfall hell und freundlich. Sogar eine Kochnische gab es, die sie aber gar nicht benutzten, außer um sich einen Kaffee zu kochen. Kati saß auf einem der beiden Betten und massierte ihre Schläfen.

»Was mir einfach nicht in den Kopf will«, sprach Mark, ohne Kati anzusehen, »warum dieser Gary aus der Hütte verschwunden ist.«

»Ich denke, er ist darüber informiert worden, dass du aus der Nervenklinik entwischst bist.«

»Vom Doc?«

»Ich tippe eher auf den Sheriff, er wird ihn angerufen oder ihm eine SMS geschickt haben.« Kati rieb sich die Stirn.

»Ich habe das Gefühl, mir zerreißt es gleich den Schädel. Ich brauche dringend eine Kopfschmerztablette.«

»Oh, soll ich dir welche besorgen?«

»Das wäre lieb, am Ende der Straße habe ich einen Drugstore gesehen. Nimm mein Portemonnaie mit, da sind noch kanadische Dollar drin.«

»Geht klar, ich bin gleich zurück. Ich nehme den Schlüssel mit, dann brauche ich nicht zu klopfen. Nur für den Fall, dass du dich kurz hinlegen willst.« Kati nickte mit gequältem Gesicht.

Nachdem er die Tabletten gekauft hatte, stürmte er an der Rezeption vorbei und wurde von der Vermieterin gerufen:

»Sir?« Erst jetzt bemerkte er zwei Herren in dunklen, schlecht sitzenden Anzügen an der Rezeption stehend.

»Diese Herrschaften würden sich gerne mit Ihnen unterhalten.«

Mark blieb stehen, drehte sich um und fand die beiden von der ersten Sekunde an überheblich und unsympathisch. Wie zwei Möchtegern-Cowboys in Anzügen. Der ältere der beiden Herren, ein untersetzter übergewichtiger Typ, der Mark an Danny DeVito erinnerte, trat zwei Schritte auf ihn zu und sagte förmlich:

»Ich bin Special Agent Townsend vom FBI. Das ist mein Kollege Smith. Wenn es Ihnen nichts ausmacht, würden wir uns gerne mal mit Ihnen und Ihrer Begleiterin in Ihrem Zimmer unterhalten.« So, wie er es sagte, duldete er keinen Widerspruch.

»Mir haben Sie erzählt, Sie wären Geschwister. Ich habe mir gleich gedacht, dass da etwas nicht stimmt«, fauchte die alte Lady.

Agent Smith, groß und schlank, hob mahnend die Hand, zum Zeichen, dass er nichts mehr hören wollte.

»Wir danken Ihnen«, sagte der Agent, ohne sie anzusehen.

Kati war tatsächlich eingeschlafen. Sie schreckte hoch, als Mark sie an der Schulter berührte.

»Zwei Herren vom FBI wollen uns sprechen«, sagte er leise.

Während Mark zur Küchenzeile ging, ein Glas aus dem Schrank nahm und die Kopfschmerztablette in Wasser auflöste, rieb sich Kati verschlafen die Augen.

Die FBI-Beamten inspizierten das Motelzimmer gründlich, Agent Smith schaute sogar in die Schublade unter der Fernseh-Kommode, als ob dort Waffen versteckt wären.

Townsend setzte sich wie selbstverständlich an den Tisch, schaltete die schwarze Stehlampe ein, und zeigte einladend auf die beiden freien Stühle. Kati nahm auf einem der beiden Holzstühle Platz und trank gierig das Glas Wasser, nachdem Mark sich zu ihr gesetzt hatte.

»Wir haben einen Haftbefehl gegen Sie.« George Townsend holte ein Schriftstück aus seinem Jackett und legte es demonstrativ vor die beiden auf den Tisch.

»Ja, aber der wird doch nun außer Kraft gesetzt, oder?«

Der FBI-Agent wickelte sich umständlich ein Bonbon aus, steckte es sich in den Mund und schmatzte.

»Bisher ist noch gar nichts außer Kraft gesetzt, Mr. Bornke. Inzwischen kommt ja auch noch illegaler Grenzübertritt hinzu.«

»Ja, aber ich bin doch völlig zu Unrecht eingesperrt worden. Ich werde diesen Arzt auf Schadenersatz verklagen.«

»Zunächst einmal sollten Sie mit uns *kooperieren«,* mahnte Agent Smith, während er wie unbeteiligt aus dem Fenster schaute, und den dreien den Rücken zuwandte.

»Mr. Bornke, wenn ich die Berichte richtig gelesen habe, dann haben Sie auf offener Straße ein 17jähriges Mädchen belästigt …«

»Aber sie sah aus wie meine Tochter«, protestierte Mark, »trug *ihre* Jacke oder eine, die so aussah, und ich habe ihr nur von hinten an die Schulter gefasst.«

»In dem Bericht steht, dass Sie ihre rechte Brust berührt haben.« Mark sprang von seinem Stuhl auf.

»Das ist gelogen!«

»Setzen Sie sich wieder. Wir werden das alles aufklären.« Kati fasste Mark am Unterarm und deutete mit dieser Geste an, dass er besser auf den Beamten hören sollte.

»Ich sage Ihnen jetzt mal was: Das Ganze war ein abgekartetes Spiel, ein Komplott. Der Sheriff und der Doc dieser Nervenklinik hängen da mit drin.«

»Ach, und die angebliche Gastmutter auch, oder wie?«

»Ganz genau. Und es lässt sich auch ganz einfach nachprüfen, indem Sie bei der Forks High School nachfragen. Dort wird man Ihnen bestätigen, dass Jana dort Austauschschülerin war, und die haben auch die Adresse von der Gastfamilie Belamy.«

»Wir werden diese Angaben überprüfen«, sagte Townsend in hochnäsigem Tonfall.

»Nehmen wir also mal an, es stimmt, was Sie sagen, was ja bisher noch nicht belegt ist…«

»Natürlich stimmt es!«

»Unterbrechen Sie ihn nicht«, mischte sich Agent Smith ein.

»Gesetzt den Fall, Ihre Angaben stimmen«, fuhr Special Agent Townsend autoritär fort, »was für einen Grund sollten Sheriff Donnely, Mrs. Belamy als auch Dr. Hagerman haben, sich solch eine haarsträubende Geschichte auszudenken?«

»Das weiß ich doch nicht, Sie sind doch vom FBI. Machen Sie Ihren Job und finden Sie es heraus, verdammt noch mal. Warum ist denn da noch nichts passiert?«

»Wir stellen hier die Fragen…«, George Tonwsend hob den Zeigefinger, »…und Sie mäßigen Ihren Tonfall. Ist das klar?« Mark pfiff durch die Zähne, und Kati mischte sich ein:

»Aber bisher haben Sie doch nur in eine Richtung ermittelt.« Ohne auf den Vorwurf einzugehen, schaute George Townsend sie durchdringend an.

»Mrs... ?«

»Prescout, Kati Prescout«, half sie ihm weiter.

»Ja, genau, Ihr Name steht auch in dem Bericht. Sie arbeiten als Pflegerin in der Nervenheilanstalt Tacoma.«

»Habe dort gearbeitet«, verbesserte sie ihn genervt.

»Wie auch immer. Sie haben Mr. Bornke zur Flucht verholfen. Damit haben Sie gegen das Gesetz verstoßen! An Ihrer Stelle wäre ich sehr vorsichtig mit dem, was ich sage.«

Mark zeigte mit ausgestrecktem Arm Richtung Fenster.

»Während Sie uns hier einfach Sachen unterstellen, läuft da draußen ein Irrer rum, der meine Tochter in seiner Gewalt hat.«

»Das wissen wir noch nicht mit Sicherheit. Sie vermuten es bloß.«

»Wo soll sie denn sonst sein, he? Sie war mit diesem Gary Winslow zusammen. Das lässt sich auch nachprüfen.«

»Gehen Sie mal davon aus, dass unsere Kollegen genau das tun werden. Kommen Sie!« Special Agent Townsend stand auf und deutete zur Tür. »Draußen wartet ein Streifenwagen, der uns zu unseren kanadischen Kollegen fahren wird.«

Es fiel Mark schwer, sich zu beruhigen. Während der kurzen Fahrt zum Polizeigebäude sprangen seine Gedanken wild hin und her. Einerseits fragte er sich, wo seine Tochter gerade war und was dieser Typ mit ihr vorhatte. Andererseits konnte er es gar nicht fassen, wie die FBI-Beamten auftraten. Aussagen vom Sheriff und der Gastmutter wurden einfach als gegeben hingenommen, während man seine Aussagen grundsätzlich in Frage stellte. Unfassbar!

Lediglich Katis Blick mäßigte ihn. Sie sah ihn beruhigend an, als wollte sie ihm sagen: *Du hast ja völlig recht, es wird sich schon alles aufklären, aber bleib ruhig.*

Im großen Besprechungsraum des Hauptquartiers der Polizei von Victoria bildeten sich zwei Lager. Mark hatte den Eindruck, dass die Kanadier ihm Glauben schenkten, das FBI auf der anderen Seite ihn immer noch gerne einsperren würde.

Wollte man ihm mit einem miesen ‚good Cop – bad Cop'-Spiel unter Druck setzen?

Er kannte dieses psychologische Spielchen aus Bewerbungssituationen von großen Unternehmen. Um den Bewerber künstlich in Stress zu versetzen, übernahm ein Personalmitarbeiter die Rolle des Guten, während ein zweiter nur Negatives hervorbrachte und die Rolle des Bösen einnahm. Auf diese Weise wollte man herausfinden, wie der Bewerber reagierte, wenn er in die Enge getrieben wurde.

Aber ein solches Spielchen, sofern es denn eines war, verbot sich doch in Anbetracht der düsteren Realität von selbst. Vielleicht waren sich die kanadische Polizei auf der einen und das FBI auf der anderen Seite auch einfach nicht einig über die Zuständigkeit dieses Falles.

Nach mehreren Stunden quälend langer Befragung baute sich Superintendent Ahearn vor dem sitzenden FBI-Agenten auf.

»Special Agent Townsend, darf ich Sie einen Augenblick unter vier Augen sprechen?« Misstrauisch schaute dieser zu ihm auf, sagte dann nach einer kurzen Pause:

»Sicher.«

Aus dem Augenblick wurde eine gefühlte Ewigkeit. Ihren Streit im Nachbarzimmer konnte Mark teilweise durch die verschlossene Tür hören. Als sie endlich zurück waren, ergriff

Superintendent Ahearn das Wort, und seine Ansprache hatte etwas von einem richterlichen Urteilsspruch:

»Wir haben folgendes beschlossen, Mr. Bornke:

Erstens bleiben Sie bis auf weiteres auf freiem Fuß, und zwar hier in Kanada. Zweitens wird unsere bereits ausgegebene Fahndung nach Gary Winslow auf das Gebiet der USA ausgedehnt, was auch die Suche nach Ihrer Tochter mit einschließt. Hierzu werden wir...« Nelson Ahearn wurde während seiner Ausführungen unterbrochen, als ein Kollege, der kurz zuvor den Raum betreten hatte, ihm eine Nachricht ins Ohr flüsterte.

»Wie mir soeben gemeldet wurde, hat unsere Küstenwache ein Segelboot aufgebracht. Darauf befinden sich ein junger Mann und ein Mädchen, auf die die Beschreibungen von Gary Winslow und Jana passen.«

***

Dass Gary die ganze Nacht weggeblieben war, verunsicherte Jana. Nicht dass sie ihn, nach all dem, was vorgefallen war, gerne um sich gehabt hätte, aber allein und mit einer Handschelle ans Bett gefesselt, war sie einfach hilflos.

Sie musste dringend ihre Blase entleeren, und ihr Hals schien auszutrocknen. Ihr linkes Handgelenk wies schon rote Druckspuren auf. Vernünftiges Schlafen konnte sie vergessen. Wenn sie doch einmal eingeschlafen war und sich drehen wollte, riss die Handschelle sie wieder unsanft aus dem Schlaf.

Wo steckte der blöde Arsch nur? Amüsierte er sich einfach, während sie hier gehalten wurde wie ein Tier? Falsch, ein Tier hatte wenigstens Auslauf und wurde täglich gefüttert.

Garys Festnetztelefon klingelte und riss Jana aus ihren Gedanken. Wie gerne hätte sie jetzt den Hörer von der Basisstation genommen. Diese befand sich jedoch außerhalb des Schlafzimmers auf einem Beistelltisch direkt neben der Tür. Sie nahm ihr Kopfkissen und schleuderte es in Richtung des läutenden Telefons. Tatsächlich fiel es aus der Ladestation.

»Hallo, ich brauche Hilfe!«

Das Einzige, was sie als Antwort bekam, war ein Nerv tötender Dauerton. Entweder hatte der Anrufer bereits aufgelegt, oder während das Telefon samt Station runterfiel, wurde der ‚Beenden-Knopf‘ betätigt.

»Was für eine Kacke! Wenn Gary zurückkommt, wird der wieder sauer werden«, sagte sie laut.

***

Der von der kanadischen Küstenwache in der Salish Sea kontrollierte Segelbootführer zeigte sich wenig kooperativ und machte sich dadurch verdächtig. Nicht nur, dass er keinen Ausweis bei sich trug, auf Anfrage wollte er nicht mal seinen Namen nennen. Die pflichtbewussten Mitarbeiter der Canadian Coast Guard konnten lediglich feststellen, dass die schneeweiße Segelyacht in Seattle auf die Firma Youth Enterprises registriert war.

Bevor das Schnellboot der Küstenwache mit dem Segler in den Hafen von Victoria einlief, hatten sie das Victoria Police Department verständigt, da der junge Mann und die Personenbeschreibung auf die des zur Fahndung ausgeschriebenen Gary Winslow übereinstimmten.

Filmreif, also mit heulender Polizeisirene, raste Superintendent Ahearn in Begleitung eines Streifenwagens zum nahe gelegenen Anleger von Victoria.

»Hallo, ich bin Superintendent Nelson Ahearn«, stellte er sich den Kollegen von der Küstenwache vor.

»Hallo, Superintendent. Ich bin Schiffsoffizier Sammual Brown. Diesen Mann dort«, er zeigte auf einen jungen Mann, der gelangweilt an der Reling lehnte, »haben wir kontrolliert, als er in kanadisches Gewässer eingedrungen ist. Er hat keine Papiere bei sich und will seinen Namen nicht nennen.«

»War er allein an Bord der Segelyacht?«

»Ja, Sir.«

»Danke Officer, wir übernehmen.«

Nelson Ahearn baute sich vor dem Verdächtigten auf und sagte streng: »Ich bin Superintendent Ahearn vom Victoria Police Department. Zur Feststellung Ihrer Personalien nehmen wir Sie mit.«

»Aber...« Das Grinsen des Mannes wich aus seinem Gesicht, denn weiter kam er nicht.

»Abführen!« Nelson Ahearn gab seinen uniformierten Kollegen einen Wink. Diese verfrachteten den verdutzten Segler kurzerhand in den Streifenwagen.

***

Mit enttäuschter Miene betrat der Superintendent den Besprechungsraum, in dem Mark und Kati saßen und dampfenden Kaffee tranken.

»Falscher Alarm«, verkündete Nelson Ahearn und stützte sich auf den Tisch wie auf ein Rednerpult.

»Sind Sie wirklich sicher?«, fragte Mark.

»Ja, leider. Er wusste nicht, dass wir ihn für einen Entführer gehalten haben. Als wir ihn damit konfrontierten, fing er an zu reden. Wir haben seine Angaben mehrfach überprüft. Der Typ heißt Keith Dyke. Er hat die Firma Youth Enterprises gegründet, ein Softwareunternehmen, das Umsätze in Millionenhöhe macht. Er kann es sich inzwischen leisten, einfach so unter der Woche mal segeln zu gehen. Außerdem hat er sich die letzten zwei Wochen in Korea aufgehalten.«

»Was geschieht denn nun weiter?«, fragte Mark besorgt.

»Ich sage es nur ungern, aber wir sind auf die Hilfe des FBI angewiesen. Sie werden sich den Sheriff, die Gastmutter und den Doc vorknöpfen. Dort liegt der Schlüssel.«

Kapitel 10

Eine hügelige Waldlandschaft, die wenigen Straßen so steil, dass man mit dem Fahrrad kaum dort herauf fahren konnte. Deswegen benutzte auch jeder Amerikaner, der klar bei Verstand war, sein Auto. Sheriff Donnely konnte sich gar nicht erinnern, wann er zuletzt Fahrrad gefahren war. Es musste zu seiner Collegezeit gewesen sein.

Hier am Rande der Zivilisation, in den Wäldern, kam es schon mal vor, dass Hauskatzen von Kojoten gefressen wurden. Nur größere Hunde ließen sie in Ruhe. Er hatte sich vorgenommen, Pat Belamy ins Gewissen zu reden. Sie durfte nicht die Nerven verlieren. Wenn sie dichthielt, könnte man ihnen nichts nachweisen.

»Komm rein«, hörte er nach seinem Klopfen. Pat machte sich nicht mal die Mühe, an die Tür zu kommen.

Jaydon Donnely entdeckte Pat in der unaufgeräumten Küche, wo sie sich gerade eine Tiefkühlpizza in den Backofen schob.

»Hallo Pat, wie geht es dir?«

Pat verschränkte die Arme vor ihrem rundlichen Körper.

»Es ging mir schon besser, Jaydon. Und dir?«

»Gut, Pat. Wir müssen reden.«

»Ich weiß gar nicht, warum ich mich habe überreden lassen.« Sie nestelte nervös an ihrer mit Blumen gemusterten Bluse.

»Pat, wir haben das doch alles besprochen. Es ist besser für uns alle. Du darfst jetzt bloß nicht die Nerven verlieren.«

»Das sagst du so einfach. Ich habe Jana wirklich gemocht.«

»Das weiß ich doch…«, er nahm ihre Hand, »…bisher hast du doch auch nichts Ungesetzliches getan. Lügen ist schließlich keine Straftat.«

Pat legte den Kopf auf die Seite.

»Ich fühle mich aber nicht wohl dabei. Außerdem hat sie das nicht verdient. Sie ist ein gutes Mädchen, und irgendwie tickt Gary doch nicht richtig.«

»Willst du denn, dass alles rauskommt, Pat?« Sie schüttelte den Kopf und sah nach ihrer Pizza.

»Pat, das FBI wird dich wohl in Kürze sprechen wollen. Bei mir waren sie schon.«

»Oh Gott…«, sie hielt die Hand vor den Mund, »…habe ich doch gleich gesagt, es fliegt alles auf. Wir hätten vor 15 Jahren schon reinen Tisch machen sollen.«

»Die wissen inzwischen über die Schule, dass Jana als Austauschschülerin bei dir war. Erzähl denen einfach, du wusstest nicht, dass er kommt und hättest Angst gehabt, weil du alleine zu Hause warst. Dann ist alles in Ordnung.«

Als Sheriff Donnely das Haus verließ und Pat mit ihrer Pizza alleine ließ, war er sich nicht sicher, ob sie einer Befragung durch das FBI gewachsen war.

***

Jake Dawson und Elwood Paynes begutachteten mit kritischen Blicken die Wohnung von Pat Belamy, nachdem sie sich kurz und förmlich vorgestellt hatten. Dass Mrs. Belamy die beiden Fremden ins Haus gebeten hatte, passte ihrer Dogge gar nicht. Die bellende Töle wollte wohl ihr Frauchen vor den Eindringlingen schützen.

»Ruhig, Tascha.« Pat musste sie fest am Halsband ziehen, damit sie nicht auf die beiden Beamten losging.

»Mrs. Belamay, wir haben ein paar Fragen an Sie.«

»Bitte, setzen Sie sich doch.« Sie nahm rasch einen achtlos liegengelassenen Jogginganzug und ein Sweatshirt vom abgewetzten Ledersofa.

»Danke, wir stehen lieber…«, die Dogge bellte erneut, »…wenn Sie den Hund nur eben einschließen könnten.«

»Sie haben ja keine Ahnung. Einmal ist sie versehentlich im Schlafzimmer eingeschlossen worden. Dann hat sie den Teppich rausgerissen und angeknabbert.«

»Nun, Sie hatten bis vor ein paar Wochen eine deutsche Austauschschülerin beherbergt?«

»Ja richtig, Jana«, bestätigte Pat.

»Und ihr Vater wollte sie am 30. Juni zu einer Urlaubsreise abholen.«

»Wissen Sie, ich habe den gar nicht richtig verstanden, sein Englisch war so undeutlich. Ich wusste nicht, dass es ihr Vater ist.«

»Wo war Jana denn zu dem Zeitpunkt?«, mischte sich Jake Dawson ein.

»Sie war mit ihrem Freund mit dem Segelboot nach Vancouver Island gefahren.« Pat Belamy schaute auf den Boden, während sie erzählte. »Es hieß, der Vater würde erst drei Wochen später hier auftauchen. Somit hatte ich keinen Besuch erwartet. Sie sehen ja, wie abgelegen wir hier wohnen. Ich hatte einfach Angst, und mein Mann war nicht zu Hause.«

»Hat Jana bei Ihnen ein eigenes Zimmer gehabt?«

»Ja.«

»Dürfen wir uns das mal anschauen?«

Pat Belamy ging zu Janas Zimmer, öffnete die Tür, drehte sich um und deutete mit der Hand in das Gästezimmer. »Bitte, sehen Sie sich nur um.«

Wortlos gingen die beiden Agenten an ihr vorbei in das Zimmer. Im Gegensatz zu dem, was sie bisher von dem Haus gesehen hatten, wirkte das Zimmer aufgeräumt und besonders sauber.

»Jana hat immer sehr gut aufgeräumt, bevor sie das Haus verließ. Selbst gesaugt hat sie, ohne dass ich ihr das sagen musste«, sagte Pat, als könnte sie die Gedanken der FBI-Agenten lesen.

Es hingen keine Poster von Popgrößen oder Filmstars an den Wänden, wie in anderen Zimmern von Jugendlichen, trotzdem merkte man, dass hier ein Teenager zu Hause war. An der Pinnwand hingen eine Eintrittskarte des 3. Teils der Twilight-Saga und drei Ansichtskarten aus Deutschland. Ein schwarzer Laptop stand zusammengeklappt auf dem Schreibtisch. Agent Paynes nahm ihn in die rechte Hand.

»Ich nehme an, der gehört Jana?«

»Richtig, ihre Mutter hatte ihn ihr vor dem Abflug aus Deutschland geschenkt, damit sie regelmäßig skypen konnten.«

»Dürfen wir den mitnehmen? Vielleicht finden wir Sachen darauf, die uns weiterhelfen, sie zu finden.«

»Tun Sie, was Sie nicht lassen können.«

»Wissen Sie, wo Jana und ihr Freund sich jetzt aufhalten?«

»Nein, keine Ahnung.« Sie schaute demonstrativ auf ihre Armbanduhr. »Entschuldigen Sie mich jetzt bitte, ich habe noch einen Termin, ich muss mich fertig machen.« Elwood Paynes nickte seinem Kollegen zu zum Zeichen, dass sie gehen wollten.

»Danke für Ihre Zeit, Mrs. Belamy.«

Die beiden FBI-Agenten fuhren in ihrem cayman-blauen Chevrolet auf dem Highway 16 in Richtung Tacoma.

»Was hältst du von der Aussage der alten Belamy, Jake?«, fragte Elwood und steckte sich eine Zigarette an.

»Kann sein, dass sie die Wahrheit sagt. Kann aber auch sein, dass sie überzeugend geschauspielert und uns einen Bären aufgebunden hat«, antwortete Jake ausweichend. Er steuerte ihren Dienstwagen sicher durch den stockenden Feierabendverkehr. Er war erst seit zwei Jahren beim FBI. Zuvor arbeitete er als Streifenpolizist im Problembezirk Seattle Central. Sein erfahrener Kollege stellte ihn gern auf die Probe.

»Und was ist deine Meinung, dein persönlicher Eindruck?«

»Ich glaube ihr, zunächst einmal. Was denkst du denn?«

»Erstens wirkte sie nicht sonderlich überrascht. Ich meine, es steht ja wohl nicht jeden Tag das FBI vor der Tür. Zweitens hat sie uns nicht in die Augen geschaut, als sie ihre Geschichte aufgetischt hat.«

»Das ist mir auch aufgefallen«, hakte Jake untertänig ein.

»Drittens hatte sie auf einmal einen Termin, als wir kritisch nachfragten. Um die Geschichte kurz zu machen: Ich glaube ihr kein Wort. Wird Zeit, dass wir diesem Arzt mal auf den Zahn fühlen.«

»Laut Navigationssystem sollten wir in 15 Minuten da sein.«

»Wenn wir dort sind, führe ich das Gespräch. Achte genau auf seine Reaktionen: Stimmlage, Augenkontakt, Überschusshandlungen, darauf, was er mit seinen Händen macht. Meistens verraten die Menschen sich durch kleine Gesten, die sie nicht bewusst steuern.«

Jake nickte und hoffte, dass sein Chef an diesem Tag keine weiteren Testfragen nachlegen würde.

***

»Ich weiß gar nicht, was Sie noch von mir wollen. Das habe ich alles der hiesigen Polizei schon erzählt«, verteidigte sich Dr.

Hagerman, ohne dass ihn Elwood Paynes auch nur angegriffen hätte.

»Dr. Hagerman, wir stellen hier ganz einfache Fragen und gehen davon aus, dass Sie uns unterstützen werden.«

»Die Informationen, die Sie wollen, unterliegen der ärztlichen Schweigepflicht. Haben Sie einen richterlichen Beschluss, der mich von meiner Schweigepflicht entbindet?« Agent Paynes erntete einen fragenden Blick von seinem jungen Kollegen.

»Doktor...«, Elwood Paynes holte genervt tief Luft, »…ich brauche Sie nicht darauf hinzuweisen, dass Mark Bornke nach eigenen Angaben nicht freiwillig ihn Ihrer Klinik untergebracht war. Somit ist er nicht Ihr Patient im konventionellen Sinne. Streng genommen handelt es sich hier sogar um Freiheitsberaubung.«

»Aber…«, Dr. Hagerman hob beide Hände hilfesuchend nach oben, sodass Elwood Paynes nur die Handrücken sehen konnte, »…aufgrund des Berichtes von Sheriff Donnely…«

»Mit dem Sie zusammen Golf spielen und der zudem Ihr Trauzeuge war, wie wir erfahren haben.«

»Mensch, was hat das denn jetzt damit zu tun?«

»Ich stelle nur Tatsachen fest. Fahren Sie fort, Dr. Hagerman.« Nervös und verschwitzt rieb sich der Arzt den Hals.

»Jedenfalls hat Mark Bornke einem jungen Mädchen auf offener Straße an die Brust gefasst, und er schien verwirrt zu sein.«

»Warum verwirrt? Weil er seine Tochter, die nachweislich als Austauschschülerin ein Jahr in Belfair war, abholen wollte?«

»Sheriff Donnely meinte, dass er fantasierte, sich das nur eingebildet hatte…«

»Und Sie haben das nicht überprüft?«

»Ich hatte keinerlei Anlass dazu. Das gehört auch nicht zu meinen Pflichten. Er stellte eine akute Gefährdung für die Allgemeinheit dar. Was wollen Sie eigentlich mit Ihrer Fragerei andeuten?«

»Wir wollen gar nichts andeuten. Wir ermitteln bloß und stellen Fragen.«

»So? Tun Sie das? Das hört sich für mich aber ganz anders an. Wenn Sie keine weiteren Fragen haben, dann muss ich Sie bitten, jetzt zu gehen. Ich habe zu arbeiten, so eine Nervenklinik leitet sich schließlich nicht von allein.«

Auf dem Weg nach draußen blickte Jake in das fragende Gesicht seines Chefs. »Ja, ja, ich weiß schon, was du sagen willst. Das ist schon der zweite heute, der gar keine Zeit für uns hatte.«

»Du lernst dazu, Jake.« Elwood konnte sich ein Grinsen nicht verkneifen.

***

Es regnete Bindfäden in Kirkland, dem östlichsten Vorort von Seattle. Die Straßen waren schmierig, sodass Auffahrunfälle sich häuften. Es war bereits der dritte Unfall, zu dem Officer Ray Gardener gerufen wurde. Vorsichthalber wurde ein Krankenwagen angefordert. Der silberfarbene Ford stand am Ende eines Staus auf dem Highway 405, als ein herannahender Nissan Qashqai nicht mehr bremsen konnte.

Der 20jährige Fahrer erlitt eine Schnittwunde am Kopf. Officer Gardener fand ihn bewusstlos vor. Seine Vitalfunktionen waren jedoch intakt, wie der gewissenhafte Polizeibeamte feststellte, als er den Puls am Hals mit den Zeige- und Mittelfingern fühlen konnte. Der junge Mann atmete flach, aber gleichmäßig.

»Ich bin schon extra langsam gefahren, man konnte aber kaum etwas sehen bei dem Scheißregen«, fluchte der Fahrer des Geländewagens, der einen blauen Arbeiteroverall trug.

Seinen Dienstwagen hatte der Police Officer mit eingeschaltetem Blaulicht etwa 50 Meter vor der Unfallstelle abgestellt, damit nicht weitere Fahrzeuge in das Stauende fuhren.

»Ganz ruhig, jetzt geben Sie mir erst einmal Ihre Papiere, damit ich den Unfall aufnehmen kann«, wies er den aufgeregten Handwerker an.

Inzwischen war der Notarzt eingetroffen und untersuchte den verletzten Fahrer des Fords. Er schien nicht schwer verletzt zu sein, war dennoch weiterhin ohne Bewusstsein.

Nachdem er sich die Unfalleinzelheiten notiert hatte, gab Officer Gardener das amtliche Kennzeichen des Fords und das Geburtsdatum des Fahrers in seinen Polizeicomputer ein, der sich in seinem Streifenwagen befand.

»Das gibt's doch nicht«, sagte der Officer laut zu sich selbst. Er ging zügig zurück zum Unfallwagen, suchte den Führerschein des Mannes und fand ihn in der Innentasche seiner Lederjacke.

Nervös nahm er die Sprechmuschel des Funkgeräts, drückte den Sprechknopf und sprach hinein: »Zentrale, ich habe hier einen Mann als Unfallopfer, der zur Fahndung ausgeschrieben ist.«

»Wie lautet der Name des Mannes?«, knisterte es aus dem Funkgerät.

»Gary Winslow, geboren am 4. Februar 1992 in Seattle.«

Kapitel 11

Es stank ekelhaft, wie auf einer öffentlichen Toilette, die nicht regelmäßig sauber gemacht wurde. Nach Urin, nach Schweiß. Er hätte ihr wenigstens Putzmittel dalassen können. Nachdem Gary in die Wohnung zurückgekehrt war, sah er das umgeworfene Festnetztelefon. Er tobte vor Wut, brüllte und schrie sie an.

»Du hast dich wieder nicht an die Regeln gehalten. Ich werde hier ganz andere Saiten aufziehen.«

Sie weinte und schluchzte, ihr Handgelenk war rot von den Druckstellen der Handschelle.

Sie hatte keine Ahnung gehabt, dass er weitere Räume in dem alten Fabrikgebäude eingerichtet hatte. Sie befand sich nun in einem Raum ohne Fenster. Der einzige Zugang war eine Stahltür, die sich keinen Millimeter bewegte, wenn sie wie wild an dem Knauf zog. Keine Chance, diese massive Tür aufzubekommen. Es war nur ein Raum, drei Schritte mal vier Schritte groß. Gott, wie oft hatte sie die Abmessungen in den letzten Stunden abgeschritten. Eine Kloschüssel, ein winziges Waschbecken und eine alte Matratze, die muffig roch. Darauf lag ein blauer Schlafsack. Neben der Tür befand sich ein Lichtschalter, der sie zuverlässig mit Licht aus einer Glühbirne versorgte.

Sie hatte am Anfang noch versucht, sich ein wenig Optimismus einzureden. *Du bist nicht mehr angekettet und kannst wenigstens ein paar Schritte laufen,* sagte sie sich immer wieder. Sie hatte ausreichend zu trinken durch den funktionierenden Wasserhahn. Fünf Müsliriegel und eine Dose Erdnüsse hatte er ihr in den Raum gelegt. Sie wollte sich das Essen gut einteilen. Zwei Müsliriegel hatte sie schon gegessen.

Mit den sarkastischen Worten: »Du hast ja nun alles, was du brauchst. Viel Spaß wünsche ich dir«, sperrte er sie in ihr neues Gefängnis weg.

Sie wusste nicht genau, wie lange er schon fort war. Sie schätzte vier Tage. Durch das fehlende Tageslicht oder eine Uhr hatte sie völlig das Zeitgefühl verloren. Viermal hatte sie mehrere Stunden geschlafen, vermutete sie.

Plötzlich fing sie an zu lachen, als wollte sie sich über sich selbst lustig machen. Das Lachen wurde hysterisch und endete in einem langen Schrei.

»Was für ein gottverdammtes Riesenarschloch!«, keifte sie die Tür an.

***

Das elfstöckige Bürogebäude des FBI lag in der 3rd Avenue in Downtown Seattle, nur fünf Häuserblocks vom Kreuzfahrtterminal entfernt. Stand man direkt vor dem unscheinbaren Gebäude, hätte man vermuten können, dass emsige Bank- oder Versicherungsmitarbeiter dort ihren Dienst verrichten würden.

Nachdem das Seattle Police Department die Meldung über die Ergreifung von Gary Winslow an das FBI weitergeleitet hatte, kam prompt die Order, ihn direkt in das FBI-Büro zu bringen. Er hatte das Bewusstsein wiedererlangt und außer ein paar kleineren Schnittwunden an der Stirn und am rechten Arm keine weiteren Verletzungen davongetragen. Innerhalb von 30 Minuten erklärte der Amtsarzt vom FBI ihn für vernehmungsfähig.

Fast wie bei einem Vorstellungsgespräch saß Gary in einem spartanisch eingerichteten Zimmer auf einem Stuhl, wartete und grinste in einen riesigen Spiegel. Die Beamten auf der anderen Seite des venezianischen Spiegels - oder auch Polizeispiegel genannt - ahnten, dass der Verdächtige wusste, dass man ihn beobachtete. Gary schien noch nicht mal den Eindruck vermitteln zu wollen, dass er ein Unschuldslamm sei.

Obwohl die Special Agents Townsend und Paynes darauf brannten, sich den Jungen mal richtig zur Brust zur nehmen, folgten sie der Dienstanweisung, ihn eine angemessene Zeit allein in einem Raum warten zu lassen.

Die beiden Agenten nickten sich zu, zum Zeichen, dass sie bereit waren, und marschierten in den Vernehmungsraum. Townsend nahm auf dem Stuhl auf der anderen Seite des Tisches Platz, Paynes stellte sich hinter Gary Winslow und lehnte sich mit verschränkten Armen an die Wand.

»Sie sind Gary Winslow, Medizinstudent und wohnhaft in Seattle?«

»Guten Tag, die Herrschaften. Ja, der bin ich.«

»Gary…«, George strich sich über die Stirn, »…vergessen Sie jetzt mal den ganzen Höflichkeitsquatsch. Sie sind über Ihre Rechte belehrt worden und wollten keinen Anwalt.«

»Korrekt, Sir.«

»Wir beschuldigen Sie der Entführung der deutschen Jana Bornke. Wo ist das Mädchen jetzt?«

»Vielleicht will ich ja gar nicht aussagen«, flötete Gary.

»Also: Wollen Sie sich zu der Beschuldigung äußern?«

»Ja, aber nur, weil ihr beiden mir so sympathisch seid«, sagte Gary und grinste süffisant.

Elwood Paynes riss der Geduldsfaden, er stellte sich neben Gary und haute mit den flachen Händen auf den Tisch.

»Hör auf mit dem Scheiß, Junge, das haben schon ganz andere versucht, hier den harten Mann zu spielen. Wir haben bisher noch jeden weich gekocht, Freundchen. Wo ist Jana Bornke?«

Gary sah zu George Townsend und fragte hämisch: »Täusche ich mich, oder hat mir Ihr liebenswerter Kollege gerade gedroht?«

»Nein, hat er nicht. Er hat Ihnen lediglich die Spielregeln erklärt.«

»Ach so. Sorry, mein Fehler. Denn sonst hätte ich doch lieber einen Anwalt.«

Elwood Paynes drückte seinen dicken Bauch gegen den Tisch und schob seinen Kopf vor. In seinen Augen funkelte Hass.

»Wenn Jana noch lebt und du uns tagelang für dumm verkaufen willst, dann gnade dir Gott.«

»Keine Sorge, meine Herren, Jana erfreut sich bester Gesundheit.«

»Wo ist sie?«, schrie Paynes.

»Ja, wissen Sie, manchmal kann ich mich einfach nicht auf mein Gedächtnis verlassen.«

Special Agent Townsend hob beide Hände, als wollte er kapitulieren.

»Ok, ok, einen ganz ausgeschlafenen Jungen haben wir hier. Ich fürchte aber, Sie haben noch nicht begriffen, worum es hier geht.«

»Habe ich nicht?« Gary schüttelte seine schwarze Lockenmähne und legte seine Hände cool hinter den Kopf. »Klären Sie mich doch auf«, sagte Gary spöttisch und warf noch ein ironisches »bitte« hinterher.

»Gary, ich darf Sie doch Gary nennen?«, fragte der Agent rhetorisch, »bisher haben wir es hier mit Entführung und Freiheitsberaubung zu tun. Wir gehen davon aus, dass Jana noch lebt.«

»Sie lebt!«, hakte er ein.

»Wenn Sie uns helfen, sie zu finden, bekommen Sie mit einem guten Anwalt drei bis vier Jahre und sind nach der Hälfte wieder draußen…«

»Ja klar, und meine Karriere als Mediziner kann ich dann vergessen.«

Townsend stand auf und hob mahnend den Zeigefinger: »Wenn Sie Jana sterben lassen, wandern Sie lebenslänglich in den Bau, das verspreche ich Ihnen. Und was mit Kinderschändern…« Gary verlor zum ersten Mal die Beherrschung und sprang seinerseits auf.

»Ich habe sie nicht geschändet, sie ist meine Freundin!« Agent Paynes fasste unsanft Garys Schultern und drückte ihn zurück auf den Stuhl.

»…die sie so sehr liebt, dass Sie sie mit Gewalt festhalten müssen?« Beleidigt verschränkte Gary seine Arme vor seinem Bauch und sagte leise:

»Sie kam aus freien Stücken mit mir nach Vancouver-Island.«

»Aber nicht mehr von dort weg.«

»Sie wollte bei mir sein.«

George Townsend lehnte sich entspannt auf dem Stuhl zurück.

»Gary, wir wissen, dass Sie in psychiatrischer Behandlung waren.«

»Na und?«

»Das ist noch gar nicht so lange her. Dann sind Sie plötzlich nicht mehr hingegangen, warum?«

»Weil die blöde Kuh noch mehr Probleme hat als ich? Mit der sollten Sie sich mal unterhalten.«

»Sie geben also zu, dass Sie seelische Probleme haben?«

»Einen Scheiß hab ich, mir geht es bestens. Mir scheint, Sie haben ein Problem, und ohne mich können Sie es nicht lösen.«

»Also, jeder normal tickende Mensch würde seine Situation richtig einschätzen. Wir haben dich sowieso am Arsch, Gary«, mischte sich Paynes ein, »die Frage ist doch nur, wie lange gehst du in den Knast, und was wird über dich erzählt?«

»Lächerlich.« Gary drehte den Kopf zur Seite.

»Heutzutage sitzen da einige ganz harte Jungs ein. Verbrecher sind sie alle. Aber Kinderschänder, die mag keiner, ganz besonders nicht im Knast.«

»Schon wieder eine Drohung? Ich möchte nun doch einen Anwalt anrufen.«

Die beiden Agenten schauten sich fragend an.

***

Jana wachte aus einem sehr schönen Traum auf. Sie war in München bei ihrer Mutter. Das erste Wiesnwochenende, an dem sie offiziell Bier trinken durfte, mit 16. Zusammen mit ihren zwei besten Freundinnen wollten sie so richtig einen drauf machen. Gemeinsam eine Maß trinken in einem der riesigen Bierzelte. Das gesamte Jahr in den USA hatte sie sich darauf gefreut, nach ihrer Rückkehr die erste ‚richtige' Wiesn erleben zu dürfen.

Sie wischte sich eine Träne aus dem Auge. Sie würde vermutlich nicht nur diese Wiesn versäumen, sondern auch jede weitere. Nie wieder mit ihrer Mutter sprechen können, nie die mit ihrem Vater geplante Reise antreten können.

Bestimmt suchte man schon nach ihr. Aber wie sollte die Polizei sie hier in dem alten Fabrikgebäude finden? Keiner wusste davon, hatte Gary immer gesagt.

Sie betätigte den Lichtschalter. Erschrocken fasste sie mit ihrer Hand auf den Mund.

Was, wenn Gary bei dem, was er jetzt gerade tat, etwas zustoßen würde und er nicht mehr zurückkommen könnte?

Ok, wenn er doch zurückkäme, wäre das vielleicht auch nicht viel besser, wer weiß, was er noch so alles mit ihr vorgehabt hatte. Aber zumindest müsste sie dann wohl nicht so bald sterben.

Bereit, einfach aufzugeben, war sie noch lange nicht. Sie hatte mal gelesen, dass ein Mensch drei Minuten ohne Luft, drei Tage ohne Wasser und 30 Tage ohne Essen auskommen könnte. Die ersten beiden Sachen schienen für sie kein Problem darzustellen. Ihr Gefängnis wurde mit Frischluft versorgt, obwohl es schon ein wenig muffig roch. Der Wasserhahn spendete genügend Wasser. Um sich selbst darin zu bestätigen, öffnete sie ihn, fing das Wasser mit beiden Händen auf und nahm gierige Schlucke von dem frischen Nass.

Ihr musste etwas einfallen, wie sie ihn überwältigen könnte, wenn er zurückkäme. Gary war deutlich stärker als sie. Sie musste das Überraschungsmoment für sich nutzen, schließlich war sie nicht mehr angekettet. Wenn sie die Glühbirne rausdrehte, würde er im Dunkeln einen Augenblick irritiert sein. Dann bräuchte sie einen Gegenstand, mit dem sie ihm eins über den Schädel ziehen könnte. Oder etwas, das sie ihm in die Augen stechen könnte, damit er zumindest kurzfristig nicht die Verfolgung aufnehmen konnte.

Was sie nicht wusste, ob sie ihn hören würde, wenn er zurückkam. In der vorigen Wohnung hatte sie ihn immer gehört, nur da hatte es ihr nichts gebracht, weil sie ja durch die Handschelle am Bett festgemacht war.

Sie wünschte sich, ihr Vater wäre da oder dass sie ihn zumindest anrufen könnte.

***

Gary Winslow bestand auf einem Verteidiger. Er wollte oder konnte sich keinen eigenen Rechtsanwalt leisten. Somit wurde ihm ein Pflichtverteidiger zur Verfügung gestellt. Der hagere junge Mann sah so aus, als hätte er gerade einmal das juristische Staatsexamen abgelegt. Seine strubbelige Frisur passte zu seinem unsicheren Auftreten.

Zumindest die Grundsätze einer jeden Verteidigung schien er verinnerlicht zu haben. Er verhaspelte sich zwar zweimal, aber durfte dann mit seinem Mandanten unter vier Augen sprechen.

»Mein Mandant«, sagte Rechtsanwalt Keith Dreyer, hüstelte kurz und trank einen Schluck Wasser, »möchte weiterhin aussagen.«

Die beiden Agenten nickten wohlwollend.

»Ich weise jedoch darauf hin, dass jede Form der Einschüchterung oder Bedrohung gesetzlich untersagt ist.«

»Schön auswendig gelernt«, brummelte Agent Paynes so leise, dass die Anwesenden es kaum verstehen konnten.

»Was sagten Sie gerade?«, fragte der Pflichtverteidiger nach.

»Nichts«, antwortete Special Agent Paynes, und sein Kollege sah Gary Winslow tief in die Augen.

»Warum haben Sie Jana zunächst nach Vancouver Island verschleppt und dann woanders hin?«

»Suggestivfrage!« protestierte Rechtsanwalt Dreyer.

»Herr Rechtsanwalt, wir sind hier nicht vor Gericht. Aber die Spielregeln lernen Sie bestimmt noch.«

Keith Dreyer drehte sich zu seinem Mandanten um und sagte ruhig:

»Sie müssen auf eine solche Frage nicht antworten.«

»Schon gut«, beschwichtigte Gary. »Erstens habe ich sie nicht verschleppt, sondern wir haben Urlaub gemacht. Zweitens haben wir die Unterkunft gewechselt, weil wir mit dem Service der Blockhütte nicht mehr so ganz zufrieden waren.« Gary grinste dabei hämisch, als müsse er über seinen eigenen Witz lachen.

»Hören Sie auf, uns zu verarschen, Junge!«, bellte George Townsend.

Special Agent Paynes stand auf, beugte sich zum Pflichtverteidiger vor: »Rechtsanwalt Dreyer, könnte ich Sie einen Augenblick unter vier Augen sprechen?«

Der Angesprochene sah hilflos zu Gary hinüber.

»Von mir aus, aber nur, wenn Sie mir einen Kaffee mitbringen.«

Man konnte Keith Dreyer ansehen, dass ihm nicht wohl dabei war, seinen Mandanten mit Elwood Paynes allein in einem Raum zurückzulassen.

»Mr. Dreyer…«, begann der FBI-Beamte, nachdem er gewissenhaft die Tür zum Nebenraum geschlossen hatte. Von hier aus gab es keinen Sichtkontakt zum Vernehmungsraum, »…haben Sie Kinder?«

»Ähm, meine Frau ist im sechsten Monat schwanger, wieso?«

»Wissen Sie denn schon, was es wird?«

Der junge Anwalt strahlte und sagte: »Ein Mädchen.«

»Oh, das freut mich, ich hoffe, es kommt gesund zur Welt. Vielleicht können Sie sich in die Lage des Vaters von Jana Bornke hineinversetzen.«

»Bei allem Respekt, Sir, es ist meine Aufgabe…«

»Lassen Sie mich bitte ausreden…«, Elwood Paynes setzte eine nachdenkliche Miene auf, »…ich spreche jetzt nicht als Polizist, sondern als Vater zu einem werdenden Vater , und ich appelliere an Ihre Menschlichkeit. Wenn dieses Mädchen…«, er holte ein Foto von Jana aus der Brusttasche seines Jacketts und hielt es dem Juristen vor die Nase, »…noch lebt, dann braucht es mit

Sicherheit Hilfe. Vielleicht stirbt sie, wenn wir hier kostbare Zeit vertrödeln.«

»Mr. Paynes, wir wissen beide, dass dieses Gespräch eigentlich so gar nicht stattfinden darf. Aber Ihre Botschaft ist angekommen. Ich habe die Interessen des Beschuldigten zu vertreten. Das Gespräch ist hiermit beendet.«

Rechtsanwalt Dreyer ließ den erfahrenen FBI-Special-Agent allein im Raum zurück. Dieser rieb sich das Kinn und fragte sich, ob er mit dieser inoffiziellen Unterredung irgendetwas erreicht hatte. Er musste an eine Sanduhr denken, in der der feine Sand rasend schnell durch die enge Öffnung nach unten rieselte.

***

Mark bestand darauf, Gary wenigstens einmal sehen zu dürfen. Das FBI wollte jedoch ein persönliches Aufeinandertreffen zunächst vermeiden. Sie führten ihn in das Zimmer hinter dem Polizeispiegel. Dort konnte Mark alles, was auf der anderen Seite gesprochen wurde, mithören. Er fuhr sich nervös durch die Haare und wäre am liebsten durch den Spiegel gesprungen, um ihn zu würgen, bis dieser arrogante Typ endlich das Maul aufmachen würde. Es machte doch gar keinen Sinn mehr für ihn, jetzt auf

Zeit zu spielen. Ohne ein Unrechtsbewusstsein zu verspüren, spielte er mit den FBI-Beamten. War er nur zu feige, um zuzugeben, dass er sie bereits… Nein, diesen Gedanken wollte Mark nicht zu Ende denken. Aber die Ungewissheit zerriss ihn förmlich.

Mark wurde die Bilder aus seinem Kopf nicht los. Er sah Jana frierend in einer Kiste irgendwo im Wald, gefesselt und nicht mit genügend Sauerstoff versorgt. Sie rief nicht mal nach Hilfe, weil sie Sauerstoff sparen wollte.

»Warum zwingt ihr diesen Dreckskerl nicht einfach dazu, es zu sagen?«, platzte es aus ihm heraus.

»Glauben Sie mir, ich täte nichts lieber, als es eigenhändig aus ihm heraus zu prügeln«, meinte Special Agent Paynes und rieb seine rechte Hand zu einer Faust geformt in seiner linken Handfläche, »aber leider schützt das Gesetz auch solche kranken Arschgeigen wie den da.«

Special Agent Townsend saß zusammen mit Gary und seinem Pflichtverteidiger im Vernehmungsraum.

»Aber Sie könnten es ihm doch wenigstens androhen, dann würde er schon auspacken.«

Ellwood Paynes schüttelte den Kopf. »Auch das dürfen wir leider nicht.«

»Aber warum setzen Sie ihn dann nicht anders unter Druck?«

»Das tun wir, aber das braucht seine Zeit, Mr. Bornke.«

»Verdammt noch mal, die haben wir aber nicht.«

Der FBI Agent legte den Arm um Mark. »Kommen Sie, wir gehen jetzt mal zusammen einen Kaffee trinken.«

Der Agent schaffte es, Mark tatsächlich ein wenig zu beruhigen. Noch während sie im Aufenthaltsraum des FBI miteinander sprachen, stürmte Townsend herein. Seine Augen waren weit aufgerissen, und er sah aus, als sei er gerade aus einer Horrorfilmvorführung im Kino geflüchtet.

»Wir haben ihn soweit, er will es uns zeigen.«

»Was will er uns zeigen?«, fragte Paynes

»Was hat er genau gesagt?«, wollte Mark wissen.

»Er sagte wörtlich: Ok, ok, ihr habt gewonnen, ich werde euch den Ort zeigen.«

»Mehr nicht, das war alles?«, hakte Mark nach.

Paynes nickte. »Wir müssen los.«

***

Sie fuhren in einem bulligen roten Ford Explorer mit aufgesetzter Sirene in Richtung Norden. Der ominöse Ort sollte ein abgelegener Weiher bei Redmond sein.

Mark saß neben dem Fahrer Elwood Paynes, der Übung mit überhöhten Geschwindigkeiten zu haben schien. Seine Gedanken rasten schneller, als der SUV die langsameren Fahrzeuge umkurven konnte. Warum sagte er nichts Genaues? Zeigt er uns eine Hütte am Weiher oder hatte er sie einfach in den Tümpel geworfen wie ein totes Stück Vieh?

Im Rückspiegel konnte Mark Garys Gesicht gut erkennen, er schien sich fast zu freuen, traute sich offensichtlich nicht, ganz offen zu grinsen. Nur für kurze Anweisungen, wenn sie abfahren mussten, öffnete Gary den Mund. Mark kam die Fahrt wie eine Ewigkeit vor. Die Umgebung wurde wie seine Stimmung immer trostloser. Es begann zu regnen. Immer weniger Häuser, die

Straßen wurden zu Wegen, bis sie schließlich eine Art Trampelpfad erreichten, den sie kaum mit ihrem breiten Wagen befahren konnten.

»Da vorne ist es«, meldete sich Gary von hinten.

Sie stiegen aus und konnten nicht wirklich viel erkennen, weil der Regen immer stärker wurde. Der Weiher war nicht größer als ein Fußballfeld. Keine Hütte wie in Kanada und auch kein Steg. Hier schien keiner freiwillig herkommen zu wollen.

»Also was ist jetzt, wo ist das Mädchen?«, schrie Special Agent Townsend Gary an.

»Das ist der Ort, an dem ich Jana zum ersten Mal geküsst habe.«

Mark blickte verständnislos zu Townsend. »Der will uns doch verarschen, der soll das Maul aufmachen!«

Irrwitzigerweise fing Gary plötzlich an zu singen:

Jana, quit livin' on dreams

(Jana, hör auf zu träumen)

Jana, life is not what it seams

(Jana, das Leben ist nicht so, wie es scheint)

Such a lonely little girl in a cold, cold world

(Solch ein einsames Mädchen in einer kalten, sehr kalten Welt)

There is someone who neeeeeds you…

(Es gibt da jemanden, der dich brauuuucht)

…Bei den letzten beiden Worten jaulte Gary fürchterlich. Es hörte sich gar nicht mehr an wie ein Mensch, sondern wie ein Tier, wie ein angeschossener Wolf, der vor Schmerzen heulte.

Mark fühlte, wie Übelkeit in ihm aufstieg. Sein Verstand schien sich im Zeitlupenmodus zu befinden. Er wusste, wie das Lied weiterging. Das Lied von Falco hatte er in seiner Jugend oft gehört. Wegen der dunklen Anspielungen war zunächst das Video, später auch das Lied in Deutschland verboten worden. Mark entwichen die Worte des Sprechgesangs in Deutsch:

Jetzt höre ich sie, sie kommen dich zu holen,

sie werden dich nicht finden, niemand wird dich finden,

du bist bei MIR…

Mit ausgestreckten Armen rannte er auf Gary los und schrie:

»Du Schwein hast sie umgebracht!«

Gary hob die mit Handschellen gefesselten Hände wie ein Boxer schützend vor sein Gesicht. Die Wucht des Angreifers drückte den muskulösen Medizinstudenten nach hinten. Er stolperte rückwärts und fiel zu Boden in den Matsch. Mark landete auf ihm und begann ihn zu würgen, ehe die FBI-Beamten eingreifen konnten.

»Sag endlich, wo du sie verscharrt hast, du Arschloch.«

Es bedurfte zweier FBI-Beamter, um Mark von Gary runterzuziehen. Während sie Mark festhielten, wandten sich Paynes und Townsend an Gary. Rechtsanwalt Dreyer schien nicht wohl in seiner Haut zu sein, er schüttelte kaum merklich mit dem Kopf, kommentierte die Situation aber auch nicht.

»Jetzt reden Sie endlich, um Himmels willen.«

»Wo ist sie?«

Gary zuckte gespielt gelangweilt mit den Schultern. Sein abschätzendes Grinsen war kaum zu ertragen.

Das intensive Einreden auf Gary Winslow brachte nichts ein. Er schwieg beharrlich, und man sah es ihm an, dass er es wie einen letzten Trumpf auskostete. Allein darüber zu entscheiden, ob und gegebenenfalls wann er die Information preisgab.

Mark konnte kaum beruhigt werden. Man steckte ihn in einen Streifenwagen, um ihn auf Distanz zu Gary zu halten.

Als die Autos das FBI-Gebäude erreichten, wartete eine Meute von Journalisten vor dem Eingang. Direkt nach dem Aussteigen ging Paynes ganz nah zu Townsend und flüsterte ihm etwas ins Ohr.

»Stimmt es, dass ein 16jähriges Mädchen umgebracht wurde?«

»Es soll sich um eine Austauschschülerin aus Deutschland handeln, stimmt das?«

»Was können Sie uns über den Stand der Ermittlungen sagen?«, prasselten die Fragen auf die Ankommenden ein, sodass man sie kaum noch verstand.

Elwood Paynes hielt mit der linken Hand die Handschellen von Gary, fasste mit der rechten Hand dem jungen Pflichtverteidiger auf die Schultern und verkündete der Presse:

»Dies ist Rechtsanwalt Dreyer, der in diesem Verfahren den Beschuldigten Gary Winslow juristisch vertritt. Er wird Ihnen sicherlich einige Fragen beantworten.« Damit ließ er den verdutzten Rechtsanwalt einfach stehen und zog Gary wie einen Esel an der Menge vorbei ins Gebäude. Die Journalisten sahen ihre Chance, bedrängten den Pflichtverteidiger umso heftiger und kümmerten sich nicht mehr um Gary.

Dass Rechtsanwalt Dreyer rot anlief und nach Worten rang, sahen die FBI-Agenten gar nicht mehr.

Kapitel 12

Mit heulenden Sirenen und quietschenden Reifen sauste die gemischte Kolonne aus Streifenwagen und FBI-Fahrzeugen davon. Mark hatte so etwas nie zuvor erlebt. Sein Herz raste wie beim Schlussspurt eines 10.000-Meter-Laufes. Er versuchte vergeblich, seinen Pulsschlag zu beruhigen.

Der Blick von Special Agent Elwood Paynes war stur geradeaus gerichtet. Er saß ruhig auf der Beifahrerseite des Ford Explorer und verzog keine Miene, als ginge ihn das alles nichts an. Mark beobachtete ihn hinten sitzend im Innenspiegel. Das Gesicht des FBI-Agenten verriet eiserne Willensstärke und Entschlossenheit.

Mit schweißüberströmter Stirn war er aus dem dunklen Nebenraum gestürzt und hatte gerufen: »Eine alte verlassene Fabrikhalle, dort ist sie. Ich glaube, sie lebt.«

»Woher wissen wir, dass das Schwein nicht wieder lügt?«

Rechtsanwalt Dreyer hatte sich kurz zuvor von den Journalisten loseisen können und fragte aufgeregt:

»Was ist hier los, wo ist mein Mandant?«

Paynes zeigte in Richtung des Zimmers. Als der Pflichtverteidiger mit seinem Mandanten aus dem Raum kam, sah Mark, warum Gary vermutlich nicht gelogen hatte. Die meisten Männer sahen nach einer gewöhnlichen Kneipenschlägerei besser aus als Gary momentan. Blutergüsse unter beiden Augen, er blutete aus der offenen Unterlippe. Wenn es nicht um das Leben seiner Tochter gegangen wäre, hätte Mark sogar Mitleid mit ihm gehabt.

Rechtsanwalt Dreyer marschierte auf Special Agent Paynes zu, hob den Zeigefinger direkt vor seinem Gesicht.

»Das wird ein Nachspiel haben. Keine Straftat in diesem Land könnte das rechtfertigen, was Sie mit einem Mann gemacht haben, der mit Handschellen gefesselt war. Besorgen Sie auf der Stelle einen Amtsarzt.«

Paynes nickte einem Kollegen zu. »Tun Sie, was er sagt. Aber wir müssen los, um das Leben einer Minderjährigen zu retten.«

Als Mark das abbruchreife Fabrikgebäude sah, wünschte er sich, Gary hätte Jana in der Blockhütte in Kanada gelassen. Hier wohnte bestimmt keiner. Im Erdgeschoss sammelte sich Regenwasser. Überall dort, wo einst Fensterscheiben waren, gab es sie nicht mehr oder nur noch wenige Scherbenstücke, die nur darauf warteten, aus dem Fenster herauszufallen. Obwohl die Temperatur nachts im Sommer hier nie unter 10 Grad fiel, musste es doch kalt sein, zumal es hier aus allen Ritzen zog wie Hechtsuppe. Wahrscheinlich lag Jana auf einer völlig verdreckten und feuchten Wolldecke. Vielleicht sogar angeleint wie ein Hund. Welcher Mensch könnte so tagelang überleben?

Special Agent Paynes hastete zielstrebig eine abbruchreife Betontreppe hinauf. Er schien genau zu wissen, wo er hin musste. Vor einer massiven Stahltür machte er Halt. Er hämmerte mit beiden Fäusten gegen die Tür und rief:

»Jana, bist du da drin?«, und lauschte zwei, drei Sekunden. Keine Reaktion. Nicht mal der gedämpfte Schrei einer Geknebelten war zu hören.

Er rief zwei uniformierte Beamte herbei, die sich mit einer Zwei-Mann-Ramme an die Arbeit machten. Nach vier kräftigen Stößen ließ sich die Tür schließlich öffnen.

Das Innere der Wohnung erstaunte nicht nur die Polizisten. Eine top eingerichtete moderne Loftwohnung, die zudem noch gut isoliert und klimatisiert war, hatte sich nun wirklich nicht in der alten Fabrikhalle vermuten lassen. Die Wände aus Klinkersteinen passten ebenso gut in das Wohnzimmer wie das kastanienbraune Ledersofa und das in die Wand integrierte große

Bücherregal. Ein blank polierter schwarzer Flügel setzte der ganzen Einrichtung die Krone auf.

Das alles interessierte Mark aber nicht die Bohne. Er stürzte hektisch in das Schlafzimmer. Was er dort vorfand, ließ das Blut in seinen Adern stocken.

Zurückgelassene Handschellen, die auf der einen Seite den Bettpfosten umschlossen, aber auf der anderen Seite geöffnet waren. Auf dem Bett Janas flauschiges Kuschelkissen, das sie unbedingt aus Deutschland mitnehmen musste. Es roch sogar noch nach ihr.

Mark drohte zu hyperventilieren. Er atmete, als hätten bei ihm die Wehen eingesetzt. Er griff nach der Handschelle und schrie Townsend an:

»Was heißt das denn jetzt? *Wo. Ist. Sie?*«

Townsend schaute ratlos zu Mark hinüber und stammelte:

»Das verstehe ich jetzt nicht. Er sagte, sie wäre hier, hier im Schlafzimmer.«

Mark drehte jetzt komplett durch.

»Sehen Sie sie etwa?« Er sprang zum verspiegelten Schlafzimmerschrank, schob die Schiebetür beiseite und rief sarkastisch: »Hallo Jana, komm doch einfach raus.«

»Ganz ruhig, sie muss hier irgendwo sein. Der hatte solche Angst, der hätte seine eigene Mutter verraten.«

»Der verarscht uns doch schon wieder! Merken Sie das nicht?« Marks Stimme wurde vom Schreien schon heiser.

»Sergeant, lassen Sie das ganze verfluchte Gebäude mit Spürhunden absuchen. Wir haben dieses Kissen von der Gesuchten. Damit können sie Witterung aufnehmen.«

Es dauerte ein halbe Stunde, bis die Hundeführer mit ihren trainierten Tieren eintrafen. Das Team aus Streifenpolizisten und FBI-Agenten hatte bis dahin nichts finden können. Während ein Hundeführer Janas Kissen in Empfang nahm und die Hunde daran riechen ließ, kam ein Streifenpolizist mit einem Landstreicher am Arm zu Special Agent Paynes.

»Den hier habe ich aufgegriffen, er sagt, er hat mal an der Stahltür geklopft und wurde von einem langhaarigen jungen Mann verscheucht.«

»Wie ist Ihr Name?«, fragte Paynes.

»Doug. Also eigentlich Douglas Sinclair, aber alle nennen mich Doug.« Der Penner roch nach Schweiß und Alkohol.

»Doug, haben Sie ein blondes Mädchen in der Wohnung gesehen?«

»Nein, Sir.«

»Was hat er genau zu Ihnen gesagt?«

»Dass ich mich verpissen soll und dass er mir die Zähne einschlägt, wenn ich nochmal dort aufkreuze.«

»Wann war das?«

»Weiß nicht mehr genau, vor ´ner Woche oder so?«

»Haben Sie ihn danach noch mal gesehen?«

»Ja, ein paar Mal, aber seit drei Tagen nicht mehr. Was hat er denn angestellt?«

»Ein junges Mädchen entführt, eine Deutsche«, sagte Paynes abwesend. »Sergeant, machen Sie das, nehmen Sie seine Aussage auf.«

Eine solch hektische Betriebsamkeit hatte das Fabrikgebäude seit Jahrzehnten nicht gesehen. Eine Hundertschaft Polizisten war extra angefordert worden, um zusätzlich die Umgebung systematisch abzusuchen.

Mark hatte Angst. Angst, dass einer der Polizisten plötzlich rief: »Wir haben da was, könnte eine Leiche sein.«

Mark war kein besonders religiöser Mensch. In diesem Moment wusste er sich aber nicht anders zu helfen, als still für sich zu beten. *Bitte, bitte lieber Gott, wenn es dich wirklich gibt, lass sie leben. Sie hat doch noch ihr ganzes Leben vor sich.*

»Special Agent«, rief ein Hundeführer, »wir haben da was.«

Mark fühlte sich, als hätte er einen Boxhieb direkt in die Magengegend bekommen. Seine Eingeweide zogen sich zusammen.

Special Agent Paynes eilte zu dem Mann. Mark hetzte hinterher.

»Was habt ihr gefunden?«

»Hier, eine Falltür, der Hund schlägt an.«

Die Falltür war noch nicht einmal abgeschlossen und führte in einen feuchten und muffigen Keller. Am liebsten hätte Mark die Beamten zur Seite gerissen, um schneller Gewissheit zu erlangen. Ging das denn nicht schneller, zur Hölle?

An einer ebenso massiven Stahltür wie in der Loftwohnung wurde der Hund noch aufgeregter und bellte. Special Agent Paynes klopfte wieder mit beiden Fäusten gegen die Tür.

»Jana, bist du da drinnen?«, schrie er die leblose Tür an.

Etwas war zu hören. Durch das Hundegebell und das Gemurmel im Keller konnte man es kaum wahrnehmen.

»Psst. Alle mal ruhig sein«, wies Paynes die Männer an.

Er hämmerte erneut gegen die Tür.

»Hier spricht das FBI, Jana, bist du da drinnen?«

Eine unglaublich schwere Last fiel von Marks Schultern, als er Janas Stimme hörte. Dieses Mal konnten sie alle verstehen. Mark stiegen Tränen in die Augen.

Teil 2

Kapitel 13

Ein strahlend blauer Himmel über der San Francisco Bay war ein seltener Anblick. Meistens hatte man mit mehr oder weniger vielen Wolken zu kämpfen, häufig sogar mit dichtem Nebel.

Die winzige Ausfahrt auf der sechsspurigen Oakland Bay Bridge wurde oft genug von Touristen übersehen. Mark Bornke kannte diese Ausfahrt von seinen früheren Besuchen. Jana sah nicht nur diese Ausfahrt zum ersten Mal, sondern auch den grandiosen Blick von dem Eiland auf die Skyline von San Francisco und auf die Gefängnisinsel Alcatraz. Jana hatte das Posieren und das Sich-selbst-in-Szene-setzen während ihres Aufenthaltes in den USA verinnerlicht. Wer sich die Fotos später genau ansah, merkte, dass sie nicht glücklich aussah.

Jana wäre am liebsten so schnell wie möglich nach Hause geflogen. Das FBI bat sie aber, sich zumindest in den Vereinigten Staaten zur Verfügung zu halten. Schließlich war sie die wichtigste Belastungszeugin. Sie wollte aber auf keinen Fall in Seattle bleiben. Mark schlug seiner Tochter daher vor, doch die geplante Reise anzutreten, dann wären sie weit genug weg. Für den Prozess würden sie innerhalb von zwei bis drei Flugstunden wieder zurück sein können. Zunächst zeigte sich Jana wenig begeistert über den Vorschlag. Nachdem sie eine Nacht drüber geschlafen hatte, sagte sie ihrem Vater:

»Wir ziehen die Reise jetzt durch. Das wäre ja noch schöner, wenn der Arsch immer noch Einfluss auf mein Leben hätte. Aber bloß weg aus Seattle.«

Sie bissen herzhaft in ihre Hot Dogs, die sie sich an einem dieser mobilen Hot-Dog-Stände gekauft hatten.

»Und du bist sicher, dass sie ihn nicht wieder rauslassen, kurz, auf Kaution oder so?«

»Keine Chance, die Beweislage ist erdrückend, und bis zum Prozessauftakt dauert es auch noch eine Weile. Bis dahin bleibt er in Untersuchungshaft, das hat mir das FBI noch einmal bestätigt.«

»Weißt du, was das schlimmste für mich ist, Dad?«

»Nein, was denn?«

»Ich hasse es, in geschlossenen Räumen zu sein…«, sie schluchzte und fing an zu weinen, »…das war so Scheiße, ich dachte, ich komme aus dem Kellerloch nie wieder raus.«

Mark nahm seine Tochter in den Arm. »Ich verstehe dich ja. Jetzt ist endlich alles vorbei, und ich kann dir gar nicht sagen, wie froh ich bin, dass ich dich endlich wiederhabe.«

Jana wischte sich die Tränen aus dem Gesicht und setzte ihre Sonnenbrille auf.

»Gehen wir nochmal in die Innenstadt zum Shoppen?«

»Na klar, alles was du willst, meine Große.«

Es fiel Mark nicht schwer, sich in den zäh fließenden Verkehr auf der Bay Bridge einzuordnen. Rechts vor ihnen lag die Stadt, die in der Flower-Power-Zeit für so viel Aufruhr gesorgt hatte.

Eingemietet hatten sie sich in einem Motel in Vallejo außerhalb der Stadt, auf der gegenüberliegenden Seite der Bucht von San Francisco. Es ging sogar eine Fähre von dort direkt zum Fisherman's Wharf, einer der großen touristischen Anziehungspunkte, die San Francisco zu bieten hatte. Da Fähren nur bis 18 Uhr fuhren, hatten sie sich entschlossen, den Mietwagen zu nehmen.

Mit Hilfe des Navigationssytems fand Mark ein zentral gelegenes Parkhaus. Im Radio dudelte eines dieser neuen Lieder, das sie rauf und runter spielten.

»...so if by the time the bar closes and you feel like falling down I will carry you home... toniiiiiight.”

»Mach es aus«, sagte Jana, die Augen wie paralysiert starr nach vorn gerichtet, und sie wurde ganz weiß im Gesicht.

»Was? Aber das ist doch ganz modern, in den Charts weit vorne.«

»Mach es aus!«, schrie Jana hysterisch.

Mark schaltete das Radio ab, parkte den Wagen.

»Es erinnert dich an ihn, oder?«

Jana weinte hemmungslos.

»Dad, können wir irgendwo draußen parken? Bitte.«

»Na klar, ich fahre sofort wieder raus.«

Shoppen machte Jana normalerweise immer Spaß. Sie konnte sich häufig gar nicht entscheiden, was sie nun tatsächlich haben wollte. Oft endete es in Diskussionen und harten Verhandlungen mit ihrem Vater. An diesem Tag probierte sie noch einige Sachen aus. Sie passten zwar und standen ihr auch, aber zu Marks Überraschung wollte sie kein einziges Teil kaufen. Nicht die beiden Hot Pants aus Jeansstoff, auch nicht das Sommerkleidchen oder das Top mit Spaghettiträgern.

So beendeten sie ihre Shoppingtour und setzten sich in der Howardstreet auf die Terrasse eines Restaurants. Von dort aus hatte man einen wunderbaren Blick auf die Pieranlagen und die Bucht. Mark genoss den Blick. Jana schaute auch in die Ferne, aber sie schien abwesend.

Auf der Rückfahrt zu ihrem Motel in Vallejo wählte Mark die längere Strecke über die Golden Gate Bridge. Für einige Augenblicke wirkte Jana abgelenkt und fasziniert von dem überwältigenden Anblick der 75 Jahre alten Brücke.

Ständig bemüht, Jana durch Abwechslung auf andere positive Gedanken zu bringen, schlug Mark ihr am nächsten Tag vor, die Fähre nach San Francisco zu nehmen. Jana willigte teilnahmslos ein, indem sie stumm nickte.

Das Wetter ließ sie auch an diesem Tage nicht im Stich. Strahlender Sonnenschein und angenehme Temperaturen. Die kühle Brise spielte mit Janas blonden Haaren.

***

Als das FBI in Seattle endlich die Tür geöffnet hatte, sah Mark zunächst nichts, nur Dunkelheit. Jana hatte die Birne rausgedreht. Die blonden verdreckten Haare waren das Erste, was er sah. Sie sah abgemagert aus, und ihre Augen waren von der wochenlangen Gefangenschaft gekennzeichnet. Obwohl man sie endlich befreit hatte, wirkte sie völlig apathisch.

Mark nahm sie in den Arm. Sie war nicht mal mehr in der Lage zu weinen. Ihre Augen gaben keine Flüssigkeit mehr her. Er wollte sie gar nicht mehr loslassen.

»Jetzt habe ich dich endlich wieder, meine Große. Es ist vorbei. Er kann dir nichts mehr antun.«

»Sie muss jetzt von einem Arzt untersucht werden«, sagte man ihm.

»Wo ist er? Ich werde sie selbst dorthin tragen.«

Körperlich fehlt ihr nichts, lautete später die Diagnose, aber sie würde lange brauchen, um das Trauma zu verarbeiten.

»Was kann ich tun?«, hatte Mark gefragt.

»Seien Sie einfach für sie da. Sie braucht jetzt vertraute Menschen um sich. Drängen Sie sie nicht, etwas zu erzählen.«

***

Gerade als sie Alcatraz passierten, machte Jana ein Gesicht, als hätte sie den Teufel gesehen.

»Was ist los?«

»Hörst du das denn nicht?«

Mark lauschte und erkannte das Lied über die krächzenden Lautsprecher der Fähre, das Jana gestern schon in Panik versetzt hatte: ‚Tonight we are young' von der Gruppe ‚Fun'.

»Ich will, dass das aufhört, Dad, sofort.«

»Ok, rühr dich nicht von der Stelle.«

Mark rannte ins Führerhäuschen und fragte den Kapitän:

»Was soll das, warum plötzlich diese Musik?«

»Jemand hat mir 20 Dollar gegeben, wenn ich es spiele, sobald wir Alcatraz passieren.«

Mark kramte in seiner Hosentasche und holte drei Zwanziger heraus. »Ich gebe Ihnen 60 Dollar, wenn Sie es sofort ausmachen.«

Der Kapitän nahm das Geld und sorgte dafür, dass die Musik endete.

Das kann doch alles nicht sein. Er sitzt definitiv in U-Haft.

»Danke, sagen Sie, wie sah der Typ aus, der Ihnen das Geld gab?«

»Ein Typ? Nee, das war eine Frau, sie meinte, es wäre ihr Lieblingslied.«

***

Der Tag war gelaufen. Die bei Touristen besonders beliebten Seehunde am Pier 39 stanken wie jeden Tag nach Fisch. Jana sah so aus, als würde sie nur diesen ekelhaften Geruch wahrnehmen. An den unzähligen Souvenirshops hätte Jana unter normalen Umständen T-Shirts, Schilder und Kettenanhänger kaufen wollen. An diesem Tag interessierte es sie gar nicht.

Sie wollte auch nichts essen. Eine Cola light war das Einzige, was sie runter bekam.

»Willst du zurück ins Motel? Vielleicht ein bisschen an den Pool?«

Jana nickte: »Haben die da WLAN?«

»Na klar.«

»Okay, dann lass uns zurück.«

Das frisch renovierte Motel lag auf einem Hügel und wurde nachts sogar von Security-Mitarbeitern beaufsichtigt. Alle

Zimmer waren ebenerdig, und von ihrem Zimmer konnte man direkt zum Pool blicken.

»Hör zu, geh doch schon mal. Ich will noch mit Kati und dem FBI telefonieren.«

»Kati ist die Frau, die dir geholfen hat, aus der Irrenanstalt zu fliehen.«

»Genau, sie ist, das heißt, sie war Pflegerin in der Nervenklinik.«

Jana packte den Laptop, die Ohrstöpsel und ihre Handtasche und schlurfte in ihren Flip Flops zur Tür.

»Hier, nimm deine Magnetkarte mit, sonst kommst du gar nicht in den Poolbereich rein.«

»Okay.«

Mark griff zum Telefon und wählte Katis Nummer. Sie wäre am liebsten mit nach San Francisco geflogen. Die Nervenklinik hatte herausgefunden, dass sie Mark bei seiner Flucht geholfen hatte. Als Konsequenz wurde ein Ermittlungsverfahren gegen sie eingeleitet. Die Staatsanwaltschaft prüfte, ob sie sich strafbar gemacht hatte, indem sie einem Mann, der damals eine Gefahr für die Allgemeinheit darstellte, die Flucht ermöglichte. Durch ihre eigene Kündigung schenkte sich ihr früherer Arbeitgeber ein Disziplinarverfahren.

»Hi, Kati, hier spricht Mark.«

»Hallo, Mark, schön, dass du anrufst. Wie geht es euch?«

»Na ja, San Francisco ist toll, das Wetter super, aber Jana kämpft natürlich noch mit den Folgen der Entführung.«

»Kann ich mir denken, muss hart für sie sein.«

»Das Ganze braucht einfach Zeit, wie geht es dir denn?«

»Die Polizei nervt. Die prüfen doch tatsächlich, ob ich mich strafbar gemacht habe.«

»Aber was soll das denn? Ich war doch völlig zu Unrecht bei euch.«

»Ja, klar. Aber das muss ja erst einmal amtlich festgestellt werden. Solange läuft das Verfahren gegen mich weiter.«

Mark nahm sich eine Cola aus dem Kühlschrank, öffnete sie und trank einen Schluck.

»Verstehe, ist das FBI denn schon weitergekommen, was die Gastmutter und den Sheriff angeht?«

»Nun, offiziell dürfen sie mir ja gar nichts sagen. Aber ich habe Elwood Paynes getroffen, besser gesagt, mich mit ihm in einem Pub verabredet. Man hat ihn bis auf weiteres suspendiert.«

»Weil er Gary verprügelt hat?«

»Genau.«

»Dafür sollte man ihm eigentlich einen Orden verleihen.«

»Das FBI versteht die ehrenwerten Motive für sein Vergehen. Aber er hat eindeutig gegen Gesetze verstoßen.«

»Hat er dir was sagen können über den Fall?«

Mark nahm noch einen Schluck und stellte sich ans Fenster. Er sah Jana am Pool liegen, mit den Ohrstöpseln im Ohr. Gut, dass sie ein bisschen zur Ruhe kam.

»Ja, Gary hat sowohl Sheriff Donnely als auch Pat Belamy erpresst.«

»Hä? Wie hat er das denn gemacht?«

»Also pass auf: Es sind zwar noch nicht alle Einzelheiten abschließend geklärt. Aber so viel ist klar: Pat Belamy und der Sheriff kennen sich schon seit der Jugend. Nach einer wilden Party sind sie völlig betrunken noch Auto gefahren. Donnely saß am Steuer. Es kam zu einem tragischen Unfall mit Todesfolge. Sie fuhren einen alten Mann über den Haufen und begingen Fahrerflucht. Donnely hatte sich schon bei der Polizei beworben. Wäre die Sache damals rausgekommen, hätte er seine Polizeikarriere vergessen können. So beschlossen sie, für immer über die Tat zu schweigen. Pat hat das inzwischen gestanden.«

»Woher wusste Gary denn davon?«

»In dem Unfallwagen befand sich noch eine Person: Mitch Winslow, Garys mittlerweile verstorbener Vater.«

»Hatte Gary denn Beweise dafür?«

»Mitch Winslow hat alles in seinem Tagebuch aufgeschrieben. Gary fand es im letzten Jahr auf dem Dachboden. Er drohte, die Geschichte auszuplaudern.«

»Aber das dürfte doch inzwischen verjährt sein. Schließlich war es kein Mord, sondern fahrlässige Tötung und unterlassene Hilfeleistung.«

»Richtig, die Tat nicht. Aber in einer Kleinstadt wie Belfair wäre es Sheriff Donnely nicht mehr möglich gewesen, glaubhaft als Polizist zu arbeiten.«

»Inwieweit hängt denn dein Ex-Chef in der Geschichte mit drin?«

»Das weiß man noch nicht genau. Möglicherweise wusste Doc Hagerman gar nichts davon, sondern handelte aufgrund der Aussage des Mädchens, das du angefasst haben sollst.«

»Was ist mit der eigentlich? Wieso hat sie so etwas ausgesagt?«

»Hat sie gar nicht. Die Aussage hat der Sheriff erfunden. Das Mädchen bekam Janas Jacke, kurz bevor du sie gesehen hast, von Pat als Geschenk.«

»Unglaublich.« Mark strich sich mit der Hand über die Stirn. »Wann kannst du denn zu uns kommen?«

»Ich muss morgen noch eine Aussage machen. Dann hat es sich für mich wohl erledigt. Möchtest du denn, dass ich zu euch komme?«, fragte Kati gespielt misstrauisch.

»Schrecklich gerne.«

»Und für Jana ist es auch okay?«

»Das geht schon in Ordnung.«

***

Mark zappte planlos durch die vielen Fernsehkanäle. Er blieb bei einer Pannenshow hängen, die allein auf dem Konzept der Schadenfreude beruhte. Und dieses Konzept funktionierte. Bei den Zuschauern erzielte es regelmäßig hohe Einschaltquoten.

»Ah, lass das mal an, bitte«, sagte Jana, als sie durch die Tür kam und ihren Vater mit der Fernbedienung in der Hand sah, »das ist total lustig.«

Jana schmiss ihre Pool-Utensilien achtlos auf den Boden, fläzte sich auf ihr Bett und schaute auf den Fernseher.

»Was willst du denn essen heute Abend?«

Jana antwortete, ohne ihren Blick von der Mattscheibe zu nehmen.

»Können wir ´ne Pizza bestellen?«

Auf der Magnetkarte entdeckte Mark eine Telefonnummer für einen Pizza-Service.

»Klar, was willst du denn für eine Pizza?«

»Egal, Hauptsache nichts mit Fisch, sonst geht eigentlich alles. Oder warte, mit Schinken und Salami, wenn sie haben.«

Mark bestellte zwei Pizzen, die innerhalb von 20 Minuten geliefert wurden.

Es klopfte energisch an der Tür. Mark öffnete und blickte auf einen jungen Mann mit Sonnenbrille. Täuschte er sich oder trug der Typ eine schlecht sitzende Perücke?

»Macht 18 Dollar«, sagte der Pizzabote mechanisch.

Die Stimme kam ihm bekannt vor. Mark suchte hektisch in seinem Portemonnaie und zog mit zwei Scheinen gleich einige Quittungen mit raus.

Das ist doch vollkommen unmöglich, dachte Mark. *Der sitzt doch in U-Haft.* Während er hektisch die Quittungen zusammensammelte, blickte er verstohlen zu Jana. Kannte sie die

Stimme? Sie blickte jedoch weiterhin konzentriert zum Fernseher.

Mark reichte ihm das Geld. Dabei zitterte seine Hand wie die eines Alkoholikers.

»Stimmt so mit den 20«, krächzte Mark.

Der Pizzabote pfiff durch die Zähne.

»Einen schönen Abend noch.«

Sehe ich jetzt schon Gespenster?

Sie gingen um zehn Uhr schlafen. Was sie nicht wussten, war, dass die Nacht für sie relativ kurz werden würde.

***

»Dad, wach auf, die Polizei ist da.«

Schlaftrunken drehte Mark sich weg und murmelte:

»Leg dich wieder hin, du hast schlecht geträumt.«

»Nein, wirklich…«, sie rüttelte ihn, »…draußen ist alles hell erleuchtet, guck doch selbst.«

Mark blinzelte Richtung Fenster. Den Vorhang hatten sie einen Spalt offen gelassen. Er stand auf und ging zum Fenster.

Der ganze Motelbereich war ausgeleuchtet wie bei einem abendlichen Fußballspiel unter Flutlichtbeleuchtung in Deutschland. Er konnte zwei Streifenwagen mit Blaulicht, oder wie auch immer das hier in den USA hieß, ausmachen.

»Bleib hier drin, mach keinem die Tür auf. Ich sehe nach.«

Mark zog sich bloß eine Jeans an, griff sich die Magnetkarte und ging nach draußen.

»Bitte, gehen Sie sofort wieder in Ihr Zimmer!«, wurde er angewiesen, ohne dass er eine Frage hatte stellen können.

»Was ist denn los, Officer?«

»Ein Typ im Nachbargebäude soll seine Frau verprügelt haben. Jetzt droht er, sich umzubringen. Er ist mit einer Schusswaffe bewaffnet. Bitte gehen Sie zurück, schließen Sie die Tür und bleiben Sie vom Fenster weg.«

Konnte man sich darüber freuen, dass ein Typ seine Frau verprügelt hatte? Zumindest war Mark erleichtert.

***

Es dauerte Stunden, bis der prügelnde Ehemann von der Polizei und einem Psychologen endlich überredet werden konnte, sich zu ergeben.

Jana fühlte sich erneut eingesperrt, und an Schlaf war nicht zu denken in dieser Nacht. Als die Polizei endlich Entwarnung gegeben hatte, musste Jana erst einmal raus ins Freie.

Ihr Frühstück beschränkte sich auf einen zweitklassigen Kaffee, den Mark für beide aus einer veralteten Kaffeemaschine von der Rezeption holte. Dieser sei selbstverständlich im Zimmerpreis mit drin, wie die aufgesetzt freundliche Dame bereits bei ihrer Ankunft betont hatte.

»Was machen wir denn heute?«, fragte Jana mit übermüdeten Augen.

»Wäre es ok für dich, wenn Kati uns besuchen kommt?«

»Das ist diese Pflegerin, oder?«

»Ja, sie hat mir eine SMS geschrieben, dass sie heute Abend den Flieger nach San Francisco nimmt.«

»Ist ok«, sprach Jana teilnahmslos.

»Auf was hast du denn Lust heute?«

»Ach, ich weiß nicht genau. Ich glaube, ich lade noch ein paar Fotos auf Facebook hoch und leg mich dann nochmal hin.«

Mark nickte verständnisvoll.

Während Jana sich mit ihrer Digitalkamera und dem Laptop beschäftigte, buchte Mark ein Zimmer für Kati. Er erwischte sich bei dem Gedanken, dass er am liebsten ein Doppelzimmer gebucht hätte. Aber seine Tochter wollte er in so einer Zeit auf keinen Fall alleine lassen.

***

Die Fahrt zum Flughafen würde ca. 45 Minuten dauern, verriet ihnen die monotone Stimme des Navigationsgerätes, die

Rush-Hour lag schon hinter ihnen. Mark hoffte, dass Kati und Jana sich mögen würden.

»Dad, ich mache mir solche Vorwürfe.«

»Wieso das denn?«

»Hätte ich mich auf…«, sie vermied es, den Namen auszusprechen, »…also du weißt schon, wen ich meine. Ich hätte mich nicht auf ihn einlassen sollen. War es mein Fehler?«

»Ich kenne den Kerl ja gar nicht. Aber man kann keinem Menschen hinter die Stirn gucken. Es hätte doch keiner ahnen können, dass er sich als Psycho entpuppt. Es ist nicht deine Schuld, Jana.«

Sie schaute nachdenklich in den zäh fließenden Verkehr.

»Wieso bist du denn eigentlich mit ihm auf die Insel gefahren? Du wusstest doch, wann ich anreisen würde.«

»Na, er hat gesagt, du hättest angerufen und dass du deinen Urlaub drei Wochen verschieben müsstest. Dann hat er mir von dem Häuschen seiner Großeltern erzählt. Das klang alles so… so romantisch eben.«

»Verstehe. Und dein Handy hattest du nicht dabei?«

»Doch, aber der Akku war ziemlich schnell leer. Mein Ladekabel hatte ich zwar eingesteckt, aber er hat es mir heimlich weggenommen. Das habe ich aber erst viel später geschnallt.«

Marks Befürchtungen, dass Jana Kati vielleicht nicht mögen würde, erwiesen sich als unbegründet. Nach der kühlen Begrüßung quasselten die beiden über die Twighlight-Saga. Mark war es auch egal, ob Kati das bewusst so gesteuert hatte. Die Chemie zwischen den beiden Frauen, die ihm am nächsten standen, schien jedenfalls zu stimmen.

Mark begleitete Kati auf ihr Zimmer, welches nur drei Türen weiter lag, während Jana an ihren Laptop wollte.

»Sie mag dich.«

»Ich weiß, und ich mag sie auch. Sie ist ein tolles und tapferes Mädchen.«

»Was ist denn jetzt aus dem Verfahren gegen dich geworden?«

»Es ist eingestellt worden.«

Mark nahm Katis Hand und lächelte sie an.

»Das freut mich. Du hast mir gefehlt.«

Ein schriller Schrei riss die beiden aus ihrem Gespräch. Es war zweifelsfrei Jana, die schrie.

Mark rannte aus dem Zimmer. Es waren nur etwa zehn Meter bis zu dem Raum, den Mark zusammen mit seiner Tochter seit einigen Tagen bewohnte. Die Tür war verschlossen. Vom Schrei war nichts mehr zu hören. Mark hämmerte gegen die Tür.

»Jana, was ist los?«

Hektisch suchte er seine Magnetkarte. Er brauchte zwei Versuche, bis endlich das kleine grüne Lämpchen die Tür freigab.

Jana saß vor ihrem Laptop, mit geöffnetem Mund, bleich wie ein Leintuch. Sie schien wie hypnotisiert und starrte auf den Bildschirm.

Mark nahm den Laptop, sah auf die geöffnete Facebook-Seite und las das folgende Posting:

Gary Winslow *Ich werde dich holen*

Kapitel 14

Mark legte den Laptop beiseite und versuchte, seine Tochter zu beruhigen.

»Das ist bestimmt nur ein ganz übler Scherz.«

»Es ist sein Account, er war es, hundert pro«, sagte Jana mechanisch, den Blick ununterbrochen gegen die Wand gerichtet. Sie sah aus, als befände sie sich gar nicht mehr in dieser Welt.

»Was ist denn los?«, fragte Kati und schloss die Tür von innen.

»Irgend so ein Witzbold hat auf Facebook was gepostet. Und es sieht so aus, als käme es von Gary.«

Kati setzte sich neben Jana und legte ihren Arm um sie. Jana fing an zu weinen.

Mark zog die Visitenkarte von Elwood Paynes aus seinem Portemonnaie und wählte die Nummer. Zuerst vertröstete man ihn und sagte, dass er im Moment nicht an seinem Platz sei.

»Hören Sie, das ist mir völlig egal, holen Sie ihn ans Telefon, es ist wirklich dringend!« Es dauerte einige Minuten.

»Paynes.«

»Hier spricht Mark Bornke. Wie kann es sein, dass meine Tochter eine Nachricht von Gary Winslow erhält?«

»Das kann nicht sein.«

»Ist aber so. Hier steht…«, Mark nahm sich den Laptop erneut vor, »…Ich werde dich holen. Meine Tochter ist sicher, dass es von seinem Account gesendet wurde. Er sitzt doch noch, oder?«

»Natürlich.«

»Hat er im Knast Internetzugang, oder wie?«

»Nein, eigentlich nicht.«

»Dann überprüfen Sie das, Mann, und befragen Sie ihn zu dem Mist, und dann rufen Sie mich wieder an!«

»Ich werde…«, den Rest der Antwort hörte Mark nicht mehr. Wütend hatte er den Hörer des Festnetztelefons auf die Gabel geknallt.

Kati sagte in ruhigem Tonfall zu Jana:

»Vielleicht hat er einfach jemanden beauftragt, so einen Müll zu schreiben. Aber er sitzt immer noch ein. Was hältst du davon, wenn wir uns ein Studio zum Kickboxen suchen?«

Mark sah Kati überrascht an.

»Ich trainiere regelmäßig…«, Kati sah wissend zu Mark, »…allerdings habe ich in den letzten Wochen meine Übungsstunden versäumt.«

»Ich weiß nicht.«

»Ach komm schon, das ist super zum Frustabbau. Glaub mir, ich weiß, wovon ich spreche.«

Mark schüttelte den Kopf.

»Muss ich eigentlich Angst vor dir haben?«

»Keine Angst, denn solange du gut zu mir bist, hast du nichts zu befürchten.«

***

Das Vallejo Tae Kwon Doe Studio befand sich nur etwa acht Meilen von ihrem Motel entfernt, wie ihnen das Internet verriet. Nach kurzer Autofahrt setzte Mark die beiden Frauen ab. Sie vereinbarten, dass er sie nach zwei Stunden dort wieder abholen sollte.

Kati erzählte dem Besitzer nicht, dass sie nicht aus der Gegend kamen, sondern dass sie und ihre Nichte sich für ein Probetraining interessierten.

Der Trainer merkte schnell, dass Kati in ihrem schwarzen Kickboxanzug diesen Sport nicht zum ersten Mal ausübte. Jana wirkte in ihrem weißen Anzug, den sie gestellt bekommen hatte, doch sehr unsicher. Nach einer kurzen Einführung überließ er die Frauen sich selbst und kümmerte sich um seine Trainingsgruppe.

»Zuerst müssen wir uns aufwärmen und dehnen.«

»Okay. Was muss ich machen?«

»Mach mir einfach die Übungen nach.«

Kati zeigte ihr nach dem Dehnen grundsätzliche Dinge wie das Fallen, ohne sich selbst dabei wehzutun, einige Grundschläge und Verteidigungshaltungen. Je länger es daucrte, desto mehr Gefallen fand Jana, die während ihres USA-Aufenthaltes nur

Volleyball und Fast Pitch, also Baseball für Frauen, gespielt hatte, an diesem neuen Sport.

»So«, sagte Kati, umfasste mit der rechten Hand einen Sandsack und grinste, »der hier macht am meisten Spaß.«

»Wie geht das genau?«

»Ich werde es dir zeigen. Hast du Lust, den mal so richtig zu verprügeln?«

Jetzt musste Jana breit grinsen.

»Oh, ja.«

Jana war noch nie so kaputt gewesen nach dem Sport wie nach dieser Übungseinheit. Es hatte ihr mehr als gut getan. Sie hatte sich vorgestellt, der Sandsack wäre Gary. Obwohl ihre Oberschenkel von den vielen Fußtritten schon brannten, wollte sie nicht aufhören. Was hatte sie ihm nicht alles gewünscht, als er sie eingesperrt hatte: Zuerst in der doofen Blockhütte, dann in seiner ach so tollen Loftwohnung und schließlich am Ende dieses Drecksloch.

»Jana, es ist genug, du kannst jetzt aufhören.«

Sie hatte Kati gar nicht gehört, sondern wie im Wahn immer weiter drauf gedroschen.

Erst als Kati ihr die Hand auf die Schulter legte, war Jana ihr mit schweißüberströmtem Gesicht in die Arme gefallen.

»Ja, ist gut.«

Jana sah Kati mit erschöpften Augen an

»Ich hatte schon Mitleid mit dem Sandsack.«

Selbst fürs Lachen war Jana zu erschöpft, sie grinste nur schwach.

»Lass uns duschen gehen.«

Auf Wunsch von Jana fuhr Mark alle drei nach dem Training in das mexikanische Fast-Food-Restaurant ‚Taco Bells'. Sie liebte Hackfleisch in allen Variationen ebenso wie ihr Vater. Kati begnügte sich mit einem gemischten Salat.

»Na, wie war euer Training?«

»Hm, gut«, murmelte Jana mit vollem Mund, als Marks Handy klingelte.

»Ja?« Mark hörte dem Anrufer konzentriert zu.

»Was? Aber wie konnte das passieren?«

Die finstere Miene von Mark verhieß nichts Gutes.

»Dürfen Sie das denn?« Der Anrufer redete auf Mark ein.

Mit einem »Okay, ich verlasse mich da auf Sie« beendete Mark das Telefonat.

»Was ist los?«, fragten beide Frauen fast gleichzeitig.

Mit trauriger Miene und gedämpfter Stimme antwortete er:

»Sie mussten Gary freilassen.«

***

Auf der Rückfahrt zum Motel entbrannte eine heftige Diskussion im Mietwagen. Mark konnte sich kaum auf den Verkehr konzentrieren und übersah ein Auto, das ihn rechts überholte. Obwohl er genau wusste, dass es in den USA kein

Rechtsfahrverbot gab und man auf dem Highway auch rechts überholen durfte. In letzter Sekunde zog er den Mietwagen wieder nach links.

»Boah, den habe ich gar nicht gesehen.«

»Ich finde, wir sollten zumindest in eine andere Stadt fliegen«, schlug Kati vor.

»Ich gebe dir Recht, am besten sogar nach Deutschland. Aber was ist dann mit Janas Aussage vor Gericht? Ich will nicht, dass dieser Scheißkerl einfach so davonkommt.«

»Jana kann doch wieder in die USA einfliegen, wenn sie ihn wieder eingebuchtet haben. Was hat er denn genau gesagt?«

Mark holte tief Luft: »Sein Anwalt hat ihn auf Kaution frei bekommen. Es gilt als erwiesen, dass Paynes ihn verprügelt hat. Und das war illegal.«

»Ja, aber doch nur, weil der Arsch nichts gesagt hat«, protestierte Kati.

»Ich weiß, ich weiß. Sie lassen ihn aber überwachen, rund um die Uhr. Also passt auf, wir machen folgendes: Fahren zum Motel, packen unsere Sachen, dann geht es direkt zum Flughafen.«

***

Jana konnte es gar nicht schnell genug gehen, den nächsten Flieger in Richtung Deutschland zu nehmen. Herzklopfen beim Kofferpacken. Herzklopfen hatte sie damals auch empfunden, als ihre Liebe zu Gary noch frisch war. Das Herzrasen, das sie nun verspürte, war nichts als nackte Angst.

Sie wusste, er würde sie suchen. Sie hatte Gary als außerordentlich intelligenten Menschen kennengelernt. Er wusste von ihren Plänen, nach San Francisco zu fliegen. Im Motel hatte ihr Vater die Kreditkarte benutzt. Sicher, die Daten waren nicht öffentlich zugänglich. Aber er verstand es sogar, am Telefon auf Frauen zu wirken. Ein Anruf bei der Kreditkartenfirma… Oh Gott, sie mussten raus aus dem Motel, weg von hier.

Jana fiel vor Schreck der gerade gepackte Kulturbeutel aus der Hand. Ihr Parfümfläschchen aus Glas, das Gary ihr zum Geburtstag geschenkt hatte, zerbrach auf den Fliesen. Sie hatte es eh nicht mehr benutzt, seit dieser schrecklichen Zeit. Aber nun sah sie die Glasscherben. Sie schienen sie anzugrinsen, als wollte Gary höhnisch zu ihr sagen: »Ich kriege dich doch. Du gehörst zu mir.«

»So eine Scheiße, das kostet doch alles Zeit!« Jana schniefte.

»Ganz ruhig, meine Große…«, ihr Dad nahm sie in den Arm, »…er kann dir nichts tun. Das FBI überwacht ihn, rund um die Uhr.«

»Ach ja. So toll, wie sie ihn haben laufen lassen?«

»In zehn Minuten sind wir hier raus, in 45 Minuten am Flughafen, alles wird gut.«

Sie hätte ihm zu gerne geglaubt. Aber wie konnte er da so sicher sein? Er kannte Gary gar nicht. Wusste nicht, wie verschlagen und wozu er fähig war. Jana hätte es eigentlich schon früher auffallen müssen. Er sprach selten von seiner Ex-Freundin, die ihn mit einem Drei-Zeiler in der Wohnung hatte sitzen lassen. Ihn, den großen Frauenschwarm. Damals bekam er eine widerlich verzerrte Fratze, als er sagte: »Das passiert mir nicht nochmal. Keine Frau wird mich je wieder so behandeln, so eiskalt abservieren. Ich entscheide, ob und wann Schluss ist.«

»Du machst mir Angst«, hatte sie gesagt.

Er fing an zu lachen und tat es als Späßchen ab. Sie dachte damals, es sei eine kleine Schauspieleinlage gewesen. Heute wusste sie es besser. Damals zeigte er sein wahres Gesicht.

Hektisch verstauten sie ihre Koffer in dem Mietwagen, als wäre die Polizei hinter ihnen her. Keiner sagte es offen, aber nicht nur Jana war von einer seltsamen Unruhe ergriffen.

Jana zwang sich, an etwas Schönes zu denken. An zu Hause, an die Wiesn in München, die in einem Monat beginnen würde. Vielleicht ohne sie, dieses Jahr oder für immer ohne sie.

Die Geschehnisse um sie herum nahm sie gar nicht wahr. Sie wurde erst aus ihren Gedanken gerissen, als sie vor dem Flugschalter standen und ihr Vater ihr sagte:

»Tja, da können wir wohl nichts machen.«

»Was ist denn los?

»Sämtliche Flüge, die heute noch nach Deutschland gehen, sind ausgebucht, selbst die Flüge mit Zwischenlandung.«

»Au, Mann!«

»Ich habe für morgen früh einen Flug gebucht, der über New York nach Frankfurt geht. Kati bleibt erst einmal in den USA. Wir müssen eh noch mal zurück wegen der Aussage. Wir nehmen uns ein Motel hier in der Nähe vom Flughafen, und morgen sind wir weg.«

Jana sah nicht sonderlich erfreut aus.

»Ist das ok für dich, meine Große?«

»Na ja, bleibt uns ja sonst nichts anderes übrig.«

Es war nicht schwierig, ein Motel zu finden, das noch zwei Zimmer frei hatte. Das ‚Quality Inn San Francisco Airport' rief zwar stolze Preise auf, aber sie hatten morgen früh nur einen kurzen Weg.

»Das gibt es doch gar nicht?« Mark wühlte hektisch in seinen Taschen, sah in seiner Laptoptasche nach.

»Ich muss noch mal kurz zum Auto, bin gleich wieder da.«

Auch im Mietwagen konnte er sein Handy nicht finden.

»Kati, ruf mich doch mal an.«

Alle drei lauschten gespannt, es war kein Klingelton zu hören.

»In Vallejo hatte ich es noch, ich muss es in der Eile dort vergessen haben. Da sind meine gesamten Kontaktdaten drin, beruflich und privat. Jana, willst du mitkommen, wenn ich es hole, oder willst du bei Kati bleiben?«

»Ich komme mit dir , Dad.«

***

Mark hätte sich am liebsten geohrfeigt für diese Nachlässigkeit. Er kramte in seinen Erinnerungen. Als sie ihre Sachen in dem Wagen verstaut hatten, war er extra noch mal durch das Zimmer gegangen, um zu gucken, ob sie auch nichts vergessen hatten. Da war nichts mehr im Raum, was ihnen gehörte.

Es bedurfte keiner großen Überredungskünste an der Rezeption, um noch einmal in das Zimmer gehen zu dürfen. Der Raum wurde gerade von einer Mexikanerin gereinigt. Die Frau an der Rezeption erinnerte sich an Mark.

»Ja, ja unsere Putzfrau Arantxa ist gerade in diesem Zimmer. Ich rufe sie an und sage ihr, dass Sie kommen.«

Die stabil gebaute Mexikanerin sprach kaum Englisch, gab ihnen mit den Armen theatralisch ein Zeichen, dass sie sich umsehen sollten. Mark konnte wieder nichts finden und fragte die Putzfrau, ob sie ein Mobiltelefon gefunden habe.

Jana fischte das Handy aus dem noch nicht gemachten Bett und hielt es hoch.

»Suchst du das hier?«

»Ah, Jana, du bist ein...«

Eine dunkle Stimme unterbrach Mark. Sie kam von draußen.

»Was tun Sie da?«

Der Mann war noch immer nicht zu sehen, nur sein Schatten fiel auf die halb geöffnete Tür. Mark sah erschrocken zu Jana herüber. In ihren panischen Gesichtszügen sah er, dass sie das Gleiche dachte wie er: Gary!

Endlich trat der uniformierte Mann ins Zimmer. Ein Security-Mitarbeiter. Mark und Jana atmeten gleichzeitig auf.

»Ich hatte nur mein Mobiltelefon vergessen.«

Der Mann nickte kurz, als er das Handy sah und verschwand.

Kapitel 15

Eine Nacht noch, dann wären sie endlich in Sicherheit. Im Nachhinein betrachtet fand Mark es schwachsinnig, dass sie den Urlaub in San Francisco durchgezogen hatten. Aber wer hätte denn ahnen können, dass sie Gary freiließen, nach all dem, was er seiner Tochter angetan hatte?

Ok, Jana würde noch einige Zeit brauchen, um die Geschichte zu verarbeiten. Sie brauchte jetzt Geborgenheit. Die Gewissheit, dass er ihr nichts mehr antun konnte. Nie mehr.

Die Tankanzeige leuchtete auf, gleichzeitig mit einem Signalton. Mark fuhr an der nächsten Abfahrt raus und steuerte eine Tankstelle an. Er steckte seine Kreditkarte in den vorgesehenen Schlitz und wurde aufgefordert, seinen ZIP-Code einzugeben. *Warum zur Hölle wollen die Amis von einem Deutschen seine Postleitzahl wissen?* Das hatte er sich schon oft gefragt. Nachdem er diese eingegeben hatte, floss das Benzin. Morgen würde er den Mietwagen direkt am Flughafen bei Alamo abgeben.

Während das Benzin in den Tank strömte, checkte er seine Mailbox. Fünf Anrufe in Abwesenheit. Bereits der erste Anrufer verhieß nichts Gutes. Das FBI forderte ihn auf, dringend zurückzurufen. Beinahe hätte er übersehen, den Tankvorgang zu stoppen. Er steckte den Rüssel in die Zapfsäule und wählte die gespeicherte Nummer in Seattle.

»Ja?«

»Hier ist Mark Bornke.«

»Seit Stunden versuche ich, Sie zu erreichen.«

Ein lautes Hupen störte das Telefonat. Der Fahrer des Autos hinter ihm wurde ungeduldig. Er wollte auch endlich tanken.

»Ist ja gut«, rief er dem gestikulierenden Fahrer zu.

»Warten Sie mal kurz, ich muss den Wagen ein Stück vorfahren.«

»Mr. Bornke, wo sind Sie jetzt genau?«

»Auf dem Weg zum Flughafen. Wieso?«

»Wo wollen Sie denn hinfliegen?«

»Na, zurück nach Deutschland.«

»Hören Sie, wir schicken Ihnen vorsichthalber zwei Beamte aus San Francisco zum Flughafen…«

»Was heißt denn hier vorsichtshalber?«

»Es tut mir leid, unsere Leute haben Gary Winslow verloren.«

***

Mark mochte seiner Jana gar nichts sagen, versuchte seine Aufregung zu verbergen. Was ihm am meisten Angst einjagte, war die Tatsache, dass das FBI ihn erst so spät verständigte. Seit über sechs Stunden wussten sie nicht mehr, wo Mark sich aufhielt. Genug Zeit, um einen Flieger nach San Francisco zu nehmen. Vielleicht befand er sich ja schon in der Stadt.

»Dad, mit wem hast du telefoniert?«

»Ich habe nur meine Mailbox abgehört.«

»Aber du hast doch auch gesprochen.«

»Was? Ach so, ja, das FBI bat um Rückruf.«

»Und?«

»Ähm, die haben Schwierigkeiten bei der Anklageschrift. Sie wollten mir bloß mitteilen, dass es noch ein paar Wochen dauern kann.«

»Hast du denen gesagt, dass wir zurück nach Deutschland fliegen?«

Mark spielte nervös an seiner Armbanduhr, startete dann den Wagen und stellte die Automatikschaltung auf »Drive«.

»Dad?«

»Ja. Ich meine, klar habe ich denen das gesagt.«

»Und ist das ok für sie?«

»Ja, natürlich, mach dir keine Sorgen, wir dürfen nach Deutschland, sollen uns aber zur Verfügung halten.«

Gott sei Dank fragte Jana nicht weiter nach. Mark wusste nicht, ob sie ihm die Geschichte abgekauft hatte. Im Flugzeug würde er ihr die Wahrheit sagen können. Denn dort waren sie in Sicherheit. Für einen Auslandsflug bräuchte Gary seinen Reisepass, und der war vom FBI eingezogen worden.

Selbst wenn Gary sich bereits in San Francisco aufhielt, wie sollte er sie finden? Er hatte im Quality Inn am Flughafen, wie in jedem Motel, seine Kreditkarte hinterlegt. Aber kam man als Normalbürger an solche Daten heran? Was, wenn er einfach den Flughafen beobachtete?

Unsinn, woher sollte er wissen, wann sie zurückfliegen wollten? Dann müsste er schon eine Angestellte vom Bodenpersonal bezirzen. Mist, so etwas hatte er bestimmt drauf. Aber dann müsste er außerdem alle Fluglinien abklappern.

Bleib einfach ruhig und verhalte dich unauffällig, morgen steigen wir in Ruhe in den Flieger, und das war's.

Im Dunkeln erreichten sie ihr Motel. Jana schaltete den Fernseher ein und zappte durch die Kanäle.

»Ich geh mal eben nach Kati schauen.«

»Ist gut.«

Bei Kati brannte kein Licht. Er klopfte. Keine Antwort. Er klopfte erneut und rief ihren Namen. Durch das Fenster konnte Mark nichts erkennen, da die Vorhänge zugezogen waren. Er ging zur Rezeption und fragte den indisch aussehenden Mann am Tresen:

»Wissen Sie vielleicht, wo Mrs. Kati Prescout steckt?«

»Zimmernummer?«

»114.«

»Ah, da hat heute jemand nach ihr gefragt.« Mark fühlte sich, als befände sich ein Eiszapfen in seinem Magen.

»Wie sah der Mann aus?«

»Junger Kerl, sah aus wie ein Rockstar, lange schwarze Haare.« Der kleine Mann mit Turban lachte verlegen.

»Und haben Sie ihm Auskunft gegeben?«

»Natürlich, er sagte, er sei der Sohn von Mrs. Prescout. Ich glaube, die sind zusammen weggefahren.«

Im menschlichen Körper befinden sich durchschnittlich sechs Liter Blut. Mark fühlte diese gesamten sechs Liter in seinen Füßen.

»Geben Sie mir bitte die Schlüsselkarte für ihr Zimmer, bitte, es ist ein Notfall. Kati Prescout hat gar keine Kinder, das weiß ich genau.«

»Aber ich kann doch nicht…«

»Nun machen Sie schon, ich habe meine Kreditkarte für ihr Zimmer hinterlegt. Ich bezahle schließlich auch die Rechnung.«

»Okay, warten Sie, ich schaue eben im System nach.«

»Mann! Geben Sie mir einfach die Karte!«, hörte Mark sich selbst brüllen.

»Immer mit der Ruhe, mein Herr. Gleich haben wir es. Gut, hier ist es. Ich lade die Karte für das Zimmer 114 für Sie auf.«

Mark rannte zum Zimmer von Kati. Er öffnete die Tür und fand den Raum verlassen vor, im Bad war sie auch nicht. Ihre Schlüssel lagen neben dem Flatscreen, ihre Jacke lag ordentlich über dem Stuhl, und ihre Handtasche stand auf der Sitzfläche des Stuhls. Die Handtasche nahm sie immer mit, wenn sie fortging.

Die fünf Anrufe in Abwesenheit fielen ihm ein. Wer waren die anderen vier? Drei weitere Versuche aus Seattle und eine nicht abgehörte Nachricht auf der Mailbox. Mark wählte die Nummer seiner Mailbox.

»Jetzt habe ich dir auch einen Menschen genommen, den du liebst. Komm um 22 Uhr zum Pier 14 in San Francisco. Bringe die süße Jana mit. Kommst du nicht oder ist Jana nicht mit dabei, stirbt deine zauberhafte Pflegerin.«

***

Marks Gedanken überschlugen sich. Wie konnte dieser Widerling wissen, in welchem Motel sie abgestiegen waren? Hatte er sie beobachtet? Was wollte er plötzlich von Kati, die kannte er doch gar nicht?

Und nun sollte die Frau, die ihm und damit letztlich auch Jana so treu beigestanden hatte, sterben. Sie war die Einzige, die ihm geglaubt hatte, als sie ihn weggesperrt hatten. Ohne ihn wirklich zu kennen, wusste sie, dass er unschuldig war.

Gary nutzte Kati als Druckmittel. Aber er konnte doch nicht seine Tochter ausliefern, um Kati zu retten. Einfach gar nichts zu tun und die Sache dem FBI zu überlassen, kam für Mark auch nicht in Frage. Womöglich käme sie dann bei einer Schießerei ums Leben. Außerdem blieb ihm ja nicht viel Zeit. Vielleicht brächte Gary zuerst Kati und schließlich sich selbst um.

Erst jetzt merkte Mark, wie gern er Kati hatte. Er hörte die Nachricht immer und immer wieder ab, als wenn sich dadurch der darauf gesprochene Text ändern würde. Aber vielleicht hatte er auch etwas falsch verstanden.

Es änderte sich nichts. Die Nachricht von Gary war eindeutig. Unmissverständlich.

Seine Armbanduhr verriet ihm: 21:06 Uhr.

Er schätzte, dass er mit dem Mietwagen etwa 20 Minuten bis zu den Pieranlagen in San Francisco brauchen würde. Eigentlich genügend Zeit.

Die Zeit reichte nicht aus, um große Pläne mit der Polizei zu schmieden. Bis er den Fall erklärt hätte, könnte Kati schon tot sein. Er erinnerte sich an die FBI-Beamten, die ihn treffen sollten.

Sein Handy klingelte. Mark zwang sich zur Ruhe und nahm das Gespräch an.

»Hier ist das FBI von San Francisco, Agent Gardener. Mr. Bornke, wo sind Sie?«

Ohne etwas zu sagen, drückte er auf die rote Taste und warf das Handy auf das Bett, als wäre es ansteckend.

»Was ist denn los? Wo ist Kati?«

Jana stand in der Tür und rieb sich die Augen vor Müdigkeit. Sollte er ihr jetzt die Wahrheit sagen, sie beunruhigen?

»Ähm, also, sie ist gerade nicht da.«

Mark massierte seine Stirn, holte Luft.

»Was druckst du denn so rum? Ich kann die Wahrheit vertragen, ich bin schon fast erwachsen, Dad!«

Wie recht sie hatte. Aber ihr würde es doch die Füße wegziehen, wenn sie erführe, dass ihr Peiniger frei rumlief, sogar hier in San Francisco war, und zudem noch Kati in seiner Gewalt hatte.

Er musste Zeit gewinnen.

»Jana, wir müssen noch mal in die Stadt. Ich erkläre es dir später.«

»Muss das sein? Ich bin müde.«

»Kati ist gerade in Schwierigkeiten. Ich muss ihr helfen. Willst du mich dabei unterstützen?«

»Ja klar, aber du erzählst mir jetzt mal, was los ist.«

»Also gut, Gary wurde gegen Kaution auf freien Fuß gesetzt. Er hat Kati entführt.«

Janas Augen zeigten nackte Angst. Panik.

»Was? Der Arsch ist frei und treibt sich hier rum?«

Mark konnte ihr nicht in die Augen sehen, er schaute auf den Fußboden und sagte betreten:

»Ja.«

»Woher weißt du, dass Gary Kati hat?«

»Eine Nachricht von ihm auf der Mailbox. Wir müssen bis 22 Uhr am Pier 14 sein…«

Jana sah auf den Radiowecker: 21.28 Uhr.

»Ja, worauf warten wir dann noch? Lass uns fahren. Schnell.«

***

Mark schaute immer wieder hektisch auf die Uhr. 21:35, als sie das Candlestick-Football-Stadium, die Spielstätte der San Francisco 49ers, passierten. Mark fuhr mit 70 Meilen pro Stunde über den Highway, als er hinter sich die Sirene eines Streifenwagens hörte. *Die meinen bestimmt nicht mich*, dachte er. Er reduzierte seine Geschwindigkeit auf die vorgeschriebenen 50 Meilen pro Stunde. Ziemlich genau drei Autolängen blieb der Einsatzwagen mit der Aufschrift SFPD konstant hinter ihm. Mark schaute in den Rückspiegel. In einem Display auf dem Dach des Polizeifahrzeuges stand eine Anweisung, unverzüglich rechts ran zu fahren.

Sie meinten ihn, zweifelsfrei.

Mark reduzierte seine Geschwindigkeit und fuhr auf den Standstreifen, um schließlich ganz anzuhalten. Ein Polizist stieg aus und ging gemächlich und lässig auf sie zu, als wäre er John Wayne vor einem Duell. Das konnte Mark sogar im Dunkeln sehen. Er fuchtelte mit einer Taschenlampe herum, sodass Mark das Gesicht des Beamten gar nicht richtig erkennen konnte.

»Schönen guten Abend«, sagte der Polizist betont freundlich.

Mark gestikulierte wild und versuchte, alles auf einmal zu erklären.

»Officer, es ist ein Notfall, ich muss dringend zu einer Verabredung. Falls ich zu schnell gefahren sein sollte, zahle ich das sofort. Aber ich muss weiter, dringend.«

»Zuerst legen Sie mal die Hände auf das Lenkrad, Sir. Und keine hektischen Bewegungen.«

Meine Güte, hielt der Cop ihn etwa für einen bewaffneten Straftäter? Genervt legte er beide Hände an das Steuer.

»So ist es fein, jetzt geben Sie mir ganz langsam Ihren Führerschein und die Papiere für diesen Wagen. Aber langsam, ganz langsam, Sir.«

Das darf doch jetzt alles nicht wahr sein. Mark sah verstohlen auf die Uhr. 21:36 Uhr. Mark reichte seinen deutschen Führerschein und die Papiere der Mietwagenfirma nach draußen.

»Warten Sie hier.«

Der Polizist ging zurück zu seinem Streifenwagen.

»Was macht der Typ denn jetzt?«, fragte Jana ganz aufgeregt.

»Ich vermute, der checkt in seinem Bordcomputer, ob irgendetwas gegen mich vorliegt.«

»Warum hast du ihm die Sache von Kati und dem FBI nicht erklärt? Das müsste er doch in seinem Polizei-Dings überprüfen können?«

»Bis ich das erklärt habe, ist es nach 22 Uhr.«

»Scheiße, das schaffen wir nie bis um zehn. Die arme Kati. Ich habe sie wirklich gemocht.«

»Du sprichst ja schon in der Vergangenheitsform. Noch ist nichts passiert.«

»Aber es wird ihr was passieren, wenn wir es nicht rechtzeitig schaffen. Gary traue ich inzwischen alles zu. Der hat doch eh nichts mehr zu verlieren.«

Der Polizist kehrte zurück.

»Mit Ihren Papieren ist alles in Ordnung. Sie sind aber zu schnell gefahren. Das kostet 80 Dollar. Wollen Sie bar oder mit Karte zahlen?«

»Was geht denn schneller?«

»In bar, natürlich.«

Mark kramte wild in seinem Portemonnaie und fand genau 70 Dollar.

»Hier, 70 Dollar, nehmen Sie das und lassen Sie mich fahren, bitte.«

Der Officer blendete Mark ins Gesicht und sah den Schweiß auf seiner Stirn. Seine Gesichtsfarbe sah vermutlich auch nicht gesund aus.

»Sagen Sie, haben Sie etwa Drogen genommen?«

»Mann! Nein, ich will einfach nur los!«, brüllte Mark, obwohl er es gar nicht so laut sagen wollte.

»Um was geht es denn bei Ihrer – ach so wichtigen – Verabredung?«

Geistesgegenwärtig sog sich Mark eine Geschichte aus den Fingern.

»Hören Sie, meine Ex-Frau macht Stress. Sie ist Amerikanerin. Hier neben mir sitzt meine Tochter. Ich muss sie bis 10 Uhr zurückgebracht haben. Wenn ich auch nur eine Minute zu spät komme, hetzt sie mir das Jugendamt auf den Hals. Officer, haben Sie Kinder?«

»Ja, zwei, meine Frau lebt in New York. Ich weiß, was Sie meinen. Wo müssen Sie denn genau hin?«

»Zum Pier 14, sie wartet dort in einem Restaurant.«

Der Beamte sah auf seine Uhr. »Viertel vor zehn, das wird aber knapp.« Der Beamte nahm Mark die 70 Dollar aus der Hand.

»Bitte, fahren Sie.«

Das ließ sich Mark nicht zweimal sagen und brauste davon. Er hörte nicht, wie der Beamte ihm hinterherrief:

»Nehmen Sie gleich die erste Auffahrt…«, der Officer beendete den Satz für sich selbst, »…wenn Sie die zweite Ausfahrt nehmen, schaffen Sie es nicht, da ist eine Baustelle.«

***

Sie würden es nicht rechtzeitig schaffen. Das war das Erste, was Mark in den Kopf schoss, als er die Baustellenzeichen ‚CONSTRUCTION AHEAD' vor sich sah. Ein muskulöser Bauarbeiter mit schwarzem Vollbart und oranger Warnweste zeigte ihm mit beiden Armen und einer Taschenlampe in der Hand den Weg zur Umleitung. In Marks trübe Gedanken mischte sich das knatternde Geräusch eines Presslufthammers. Die arbeiteten sogar nachts an der bescheuerten Straße.

»Es ist schon zwei Minuten vor zehn«, hörte er Jana sagen.

»Ich weiß.«

»Das schaffen wir nie bis um zehn.«

»Ja, ich weiß!«, brüllte er Jana an. Lauter, als er es gewollt hatte. »Es konnte doch keiner ahnen, dass sie hier die Straße aufreißen. Vor ein paar Tagen war das noch nicht.«

»Du hast doch gesagt, er hat von Katis Handy aus angerufen, oder?«

»Ja«

»Dann ruf ihn doch an!«

Verdammt, warum war er da nicht selbst drauf gekommen? Mark drückte die Kurzwahltaste. Er hörte noch nicht mal ein Freizeichen. Das Handy war entweder ausgeschaltet worden oder der wahnsinnige Gary hatte es einfach in die San Francisco Bay geworfen.

»Ausgeschaltet.«

»Mist, na, aber Gary wird doch wohl zehn Minuten warten. Schließlich will er ja mich.«

Dass Jana ihm diese offensichtliche Wahrheit vor Augen führte, ließ Mark zweifeln, ob es überhaupt richtig gewesen war, Garys Anweisungen zu folgen. Er wollte *nur* Jana. Es ging ihm gar nicht um Kati. Aber was würde dieses Arschloch tun, wenn sie nicht aufkreuzten? Kati umbringen!

Wenn er nicht das haben konnte, was er – angeblich – liebte, wollte er ihm die Frau nehmen, die er zu lieben begann.

»Ich habe Kati auch ganz schön lieb gewonnen«, sagte Jana, als könnte sie seine Gedanken lesen.

»Du liebst Kati, oder?«

Vor und hinter ihm schienen hundert Autos zu hupen, weil es nur sehr zähflüssig weiterging. 22:01 Uhr.

Er wird warten, er wird warten, flehte Mark innerlich. *Bleib ganz ruhig.*

»Weißt du, während der gesamten letzten Wochen hatte ich gar keine Zeit, mir darüber Gedanken zu machen. Zuerst war es nur Vertrautheit. Sie hat mir in den dunklen Stunden beigestanden. Jetzt wird mir klar, wie gern ich sie habe. Jetzt, wo sie… lass uns aufhören, so etwas auch nur zu denken. Es wird alles gut werden.«

Exakt um 22:15 Uhr erreichten sie die The Embarcadero Street. Vor ihnen die mächtige Oakland Bay Bridge. Mark parkte den Wagen auf dem parallel verlaufenden Seitenstreifen.

»Siehst du ihn oder Kati irgendwo?«, wollte Mark wissen.

Jana schaute in alle Richtungen.

»Nein.«

»Du bleibst erst mal im Auto.«

Mark stieg aus und ging in Richtung Wasser. War das jetzt irgendein Trick, oder ist er einfach abgehauen, weil er sauer war, dass sie zu spät gekommen waren?

»Sind Sie Mr. Bornke?«

Ein klappriger alter Mann mit einem Gehstock und schneeweißen, ordentlich zurückgekämmten Haaren hatte ihn angesprochen.

»Äh, ja, warum?«

»Ich soll Ihnen ausrichten, Sie haben es versaut.« Dann lachte der Alte leise, und es klang irgendwie, als lachte er ihn aus.

»Wer soll mir das ausrichten?«

»So ein junger Kerl mit langen schwarzen Haaren…«

»Ja, ja, ich weiß, wer es ist. War eine Frau bei ihm?«

»Ja, hätte seine Mutter sein können. Die sah gar nicht glücklich aus, wenn Sie mich fragen.«

»Danke.«

Mark schickte sich an, zurück zum Auto zu gehen.

Der alte Mann tippte ihm mit seinem Stock an den Arm.

»Hey, das hätte ich jetzt fast vergessen. Ich soll Ihnen noch was ausrichten: Sie sollen um Punkt 23 Uhr auf der Golden Gate Bridge sein. Von hier aus am ersten großen Brückenpfeiler wird er Sie erwarten.«

»Das ist alles?«

»Ja, aber versauen Sie es nicht wieder.« Mit einem hämischen Lachen wandte er sich ab und ging.

Kapitel 16

Mark fühlte sich nicht wohl, als er den Zubringer der 75 Jahre alten Golden Gate Bridge befuhr. Ihm fiel auf, dass er gar keinen Plan hatte, was er tun sollte, wenn er auf Gary traf. *Würde Kati bei ihm sein? Klar, wo sollte sie sonst sein?* Er kam nicht aus San Francisco. Und was sollte die Aktion am Pier 14? Sie hatten sich um lächerliche 15 Minuten verspätet. Wenn er wirklich so sehr an einem Zusammentreffen interessiert war, warum hatte er dann nicht wenigstens ein paar Minuten gewartet?

Vielleicht wollte er sie einfach nur beobachten. Sicher gehen, dass er erstens Jana dabei hatte und zweitens, dass er keine Polizei, kein FBI im Schlepptau hatte. Es wäre ein Leichtes gewesen, den Ort aus der Ferne zu beobachten, mit Hilfe eines Fernglases, wenn er ganz sicher gehen und nicht entdeckt werden wollte. Mark wusste nicht, ob ein Psychopath logisch und vorsichtig vorging. Er hatte sich damals von Kati sagen lassen, dass Psychopathen unterschiedliche Stimmungen durchlebten, Schübe hatten, nach denen es ihnen besonders schlecht ging. ‚Jeder Mensch hat Stimmungsschwankungen‘ hatte sie mit einem gewissen Augenaufschlag erklärt, in ihrer Wohnung. Aber bei Psychopathen fielen sie besonders extrem aus und machten sie unberechenbar. ‚Unberechenbar‘, genau das Wort hatte sie benutzt. Oh Gott, vielleicht hatte er sie schon umgebracht, unnötigen Ballast über die Brücke ins Meer geworfen. Dann wäre es doch vollkommen bescheuert, dass er Jana mitbrachte und sie der Gefahr aussetzte. Er trat auf die Bremse.

»Was soll das? Warum bremst du hier? Wir sind noch nicht mal auf der Golden Gate drauf?«

Mark sah seine Tochter an. Er fand keine Angst in ihrem Gesicht, nur feste Entschlossenheit. *Wenn er sie nun hier zurückließ und alleine auf die Brücke fuhr? Würde er durchdrehen?* Schließlich wusste Mark auch nicht, ob er Kati bei sich hatte.

Jetzt hatte er es. Wenn er Kati nicht bei ihm sah, würde er einfach geradeaus weiterfahren und die Polizei verständigen.

Er stieg von der Bremse und trat aufs Gas.

»Es ist nichts, ich hatte nur kurz was überlegt.«

»Was denn?«

»Ob es klug ist, dich mit auf die Brücke zu nehmen.«

»Au Mann, wenn ich nicht dabei bin, bringt er Kati womöglich um. Wir ziehen das jetzt durch, Dad.«

Vor ihnen tauchte die gut beleuchte Brücke auf, die wie kein anderes Bauwerk zum Wahrzeichen der Stadt San Francisco geworden war.

Um diese Uhrzeit fuhren deutlich weniger Autos über die sechsspurige Brücke als bei ihrem ersten Besuch bei Tageslicht. Aber von einem einsamen Ort zu sprechen hätte nicht der Wahrheit entsprochen. Warum wählt Gary einen derart öffentlichen Ort?

Es gingen kaum noch Touristen zu Fuß über die Brücke, dennoch quälten sich genügend Autos über das gewaltige Bauwerk. *War das die Bühne für Garys großartigen Abgang? Hatte er beschlossen, zu sterben, und wenn ja, allein, oder wen wollte er buchstäblich mit in die Tiefe reißen?*

Als sie den ominösen Hauptpfeiler erreichten, machte das Herz von Mark einen Hüpfer.

»Da sind sie, alle beide«, schrie Jana

Gary stand ganz dicht hinter Kati. Er überragte sie um fast einen Kopf, hatte die linke Hand um ihren Bauch gelegt, und mit der rechten hielt er etwas an ihren Hals.

»Du bleibst vorerst im Wagen, versprich mir das, Jana.«

»Okay, Dad.«

Nachdem Mark angehalten hatte, stellte er die Automatik-Schaltung auf P für ‚Parking', zog die Handbremse und schaltete das Warnblinklicht ein. Er bekam die Tür nur mit großer Kraftanstrengung auf. Zuerst dachte er, sie wäre verriegelt gewesen. Aber dann merkte er, dass der starke Wind, der vom Pazifik auf die Brücke traf, massiv gegen die Tür drückte.

Als Mark endlich ausgestiegen war, spürte er nicht nur den Wind, sondern dachte auch, dass er betrunken sei, so sehr schwankte das Brückengeländer.

Ein Wortfetzen erreichte sein Ohr. Irgendwas hatte Gary ihm zugerufen. Mark konnte es nicht verstehen. Er ging auf die beiden zu.

Seine schlimmsten Befürchtungen bestätigten sich. Gary hielt Kati ein Messer an die Kehle. Weiß der Teufel, wo er sich das Ding, das wie ein Springmesser aussah, besorgt hatte.

»Schön, dass du es einrichten konntest, *Dad*.«

Der ganze Satz steckte voller Hohn und Verachtung. Aber noch nie hatte er das Wort *Dad* so gehässig gehört. Gary sprach das Wort so aus, als wäre es eine ansteckende Krankheit.

»Lass Kati los, mein Junge, sie hat nichts mit der Sache zu tun.«

Wahnwitziges Gelächter, als hätte der Teufel selbst seinen Vertreter zu dieser abendlichen Verabredung geschickt. Gary drückte das Messer fester an Katis Hals, sodass es anfing zu bluten. Mark befand sich nur noch drei Schritte entfernt.

»Nichts zu tun? Die liebe Kati hat also nichts damit zu tun, he? Du hast mir genommen, was ich am meisten geliebt habe. Du sollst erfahren, wie es ist, wenn man einen Menschen verliert, den man liebt.«

»Da verwechselst du was, Gary. Ich liebe Kati gar nicht.«

Beim letzten Satz hätte er sich aufgrund der Lüge am liebsten auf die Zunge gebissen. Als er ihn aussprach, guckte er verstohlen in Richtung Brückenpfeiler. Er war nicht in der Lage, in Katis angsterfüllte Augen zu blicken.

»*Daddy*, du bist ein schlechter Lügner, denn warum bist du sonst hier, wegen der Aussicht, he? Also verarsch mich nicht.«

Natürlich hatte er recht. Mark überlegte fieberhaft, was zu tun war. Wenn er in einem überraschenden Moment auf Gary zuspringen würde, könnte Kati tödlich am Hals verletzt werden. *Rede mit ihm, wer redet, sticht nicht zu*, sagte er sich.

»Hol Jana aus dem Auto!«, befahl Gary scharf.

»Zuerst lässt du Kati frei.«

»Hör auf, mich zu verarschen…«, Garys heisere Stimme überschlug sich »…du siehst nicht so aus, als wärst du in der Lage, irgendwelche Forderungen zu stellen.«

»Was passiert, wenn ich sie aus dem Wagen hole?«

»Das wirst du schon sehen. Also mach schon!«

Konnte man mit einem Verrückten vernünftig verhandeln? Mark musste es zumindest versuchen.

»Nimm mich, lass Kati gehen. Sie hat nichts damit...«

»Maul halten. Zum letzten Mal: Hol. Jana. Aus. Dem. Auto.«

Mark stand wie angewurzelt da, konnte sich nicht bewegen, wollte sich nicht bewegen.

Gary zog Kati ganz dicht an das Geländer.

»So, mein Täubchen, dein Liebster will nicht spuren. Was schätzt du, wie tief es wohl hier runter geht?«

»Weiß nicht, 60 Meter?«, sagte Kati leise.

»Lauter!«

»60 Meter.«

»Hörst du das, Daddy? 60 Meter. Als angehender Arzt kann ich dir versichern, dass so einen Sturz nicht viele überleben. Wenn sie großes Glück hat, überlebt sie. Sitzt dann allerdings im Rollstuhl.« Nach den letzten Worten lachte Gary heiser, als hätte er sich selbst einen Witz erzählt. In seiner Stimme lag etwas Wahnsinniges.

Mark bemerkte erst jetzt, dass Jana schon neben ihm stand.

»Hör auf mit der Scheiße, Gary.«

»Ahhh, unsere Party ist komplett. Schön, dass Sie es einrichten konnten, junge Dame.«

Mark hielt Jana mit seinem rechten Arm davon ab, weiterzugehen.

»So: Hier haben wir zwei ganz tolle Frauen. Eine davon muss sterben, *Daddy*. Aber weil ich so ein netter Kerl bin, darfst du entscheiden, wer überlebt und wer stirbt. Deine Entscheidung!«

Noch nicht mal theoretisch wollte man solche Planspiele durchdenken. Kurz vor Janas Geburt hatte er sich mal gefragt, was er sagen würde, wenn der Arzt auf ihn zukäme. »Es gibt Komplikationen. Wir können nur ein Menschenleben retten. Also: Mutter oder Tochter?« Schon damals wusste er keine Antwort auf diese fiese Frage. Zum Glück wurde diese Frage nie gestellt, fand nur in seinem Kopf statt, und die Geburt verlief ohne große Schwierigkeiten.

Eine solche Frage konnte man auch schlichtweg nicht beantworten.

»Gary, du bist doch ein intelligenter Mann. Wir können doch über alles reden.«

»Schnauze: Kati oder Jana? Wer muss…« Gary hatte die Frage nicht ganz ausgesprochen, als Kati plötzlich einen Arm losriss und ihn mit voller Wucht in Garys Eier haute.

Da Gary aber hinter ihr stand, konnte Kati nur ahnen, wo sich seine Weichteile befanden, und hoffen, dass sie diese im ersten Versuch traf.

Dieser Versuch schlug fehl. Das heißt - nicht ganz. Sie traf ihn zu hoch, etwa auf Höhe seines Bauchnabels.

Gary gab nur ein leises Röcheln von sich, musste aber das Messer fallen lassen. Katis jahrelanges Kickbox-Training zahlte sich offenbar aus. Obwohl sie ihr angestrebtes Ziel verfehlt hatte, krümmte sich Gary kurz, da seine Magengegend getroffen worden war.

Was dann geschah, nahm Mark nur noch in einer Art Trancezustand wahr. Jana riss sich von ihrem Vater los und stürmte voller Wut auf ihren Ex-Freund zu.

Völlig irrational hob Mark das Messer auf, anstatt sich darum zu bemühen, Gary außer Gefecht zu setzen. So war Gary leicht in der Lage, die anstürmende Jana zur Seite zu schubsen.

Kati war nun nicht mehr in seiner Gewalt, sie drehte sich blitzschnell um. Der nächste Tritt musste sitzen. Entschlossen rammte sie ihm ihr Knie in die Weichteile. Dieses Mal verfehlte sie ihr Ziel nicht. Gary ging in die Knie und jaulte wie ein angeschossener Wolf.

‚Schockschlag' nannte man es im Kampfsport, wenn man den Angreifer überraschend attackierte, um sich selbst zu verteidigen. Zum ‚Nachsetzen' kam Kati nicht mehr. Gary brüllte los, packte Katis Jacke auf Höhe der Schultern und zog sie rückwärts in Richtung Geländer, das nur etwa einen Meter hoch war.

In dieser Sekunde wusste Mark, was Gary vorhatte. Er wollte sich umbringen, aber nicht ohne noch jemanden mit in die Tiefe zu reißen.

Mark ließ das Messer fallen und versuchte, Kati noch irgendwie zu packen, obwohl er zu weit entfernt war. Das Einzige, das er noch erwischte, war Katis glitschige Hand, die ihm jedoch gleich wieder entwich, wie ein zappelnder Fisch, der nicht zu packen war.

Gary zog mit seinem ganzen Körpergewicht an Kati und ließ sich über das Geländer fallen. Verzweifelt versuchte Mark noch, Katis Fuß zu erwischen. Er schaffte es nicht.

Am liebsten hätte Mark die Szene irgendwie angehalten. Wie bei einem altmodischen Videorecorder einfach auf ‚Stop' gedrückt.

Es war jedoch kein Film, und es gab auch keinen Knopf, um das Unheil aufzuhalten. Ihm blieb nur, den beiden fallenden Körpern hinterher zu schauen.

Epilog

Es war einer dieser typischen Tage in San Francisco. Die Bucht lag in dichtem Nebel, und die Sonne hatte große Mühe, sich durch die Nebelschwaden zu kämpfen. Kalendarisch hatte der Herbst noch nicht einmal angefangen, doch Mark fröstelte am ganzen Körper.

Er hatte eigens ein Boot gemietet. Der Besitzer und Kapitän der kleinen Yacht sollte sie vorbei an der ehemaligen Gefängnisinsel Alcatraz unter die Golden Gate Bridge bringen. Aus Seattle war der frühzeitig in den Ruhestand versetzte Elwood Paynes angereist, um der stillen Trauerfeier auf dem Boot beizuwohnen. Jana saß am Bug des Schiffes und schaute auf die gleichmäßigen Wellen.

Nach zwei Tagen intensiver Suche hatte man die Hoffnung aufgegeben, die Körper von Kati und Gary noch zu finden, und die Suche eingestellt.

»Sie werden durch die Strömung auf das offene Meer gezogen worden sein. Einige Selbstmörder, die freiwillig von der Brücke springen, findet man nie. Andere werden nach Wochen wieder angespült«, unterrichtete ein Polizeibeamter Mark.

»Kati ist nicht freiwillig gesprungen!«, protestierte er.

»Ja, ich weiß, Sir. Es tut mir leid für… für Ihre Freundin. Aber wir müssen die Suche aufgeben.«

Nach sieben Tagen wurden sowohl Kati Prescout als auch Gary Winslow offiziell für tot erklärt. Katis Bruder aus Vancouver wollte sich um das Begräbnis kümmern, das im engsten Familienkreis stattfinden sollte.

Mark wollte in einer ganz besonderen Form von Kati Abschied nehmen. Für ihn war sie auch nicht ganz gestorben, solange die Leiche nicht gefunden war. Er klammerte sich wider besseren Wissens an die Hoffnung, dass sie doch irgendwie überlebt haben könnte, wollte einfach nicht wahrhaben, dass sie nie wiederkommen würde.

Erst durch den Verlust erkannte Mark, wie gern er sie gehabt hatte. So vieles gab es, was er ihr noch hätte sagen wollen. Gewiss war er ihr unendlich dankbar, dass sie ihm in seinen schwersten Stunden bedingungslos vertraut und ihn unterstützt hatte. Wäre sie nicht gewesen, wäre seine Tochter vermutlich tot. Jedenfalls war Mark davon überzeugt.

Ob Gary überhaupt einen Plan für seinen letzten Auftritt hatte, würde für immer ein Geheimnis bleiben. Vielleicht wollte er sich zusammen mit Jana von der Brücke stürzen.

Es war aber nicht nur die Dankbarkeit, die Mark einige Tränen in die Augen trieb. Als er bei leichtem Wellengang auf das Wasser blickte, musste er an den Kuss auf der Fähre von Vancouver nach Vancouver-Island denken. Damals war er kurz zur Ruhe gekommen und hatte gespürt, dass er sich in sie verliebt hatte. Diesen Gedanken hatte er aber erfolgreich verdrängt, da er seine Tochter retten wollte.

Wie die Zusammenfassung in einem Film fielen ihm die vielen Kleinigkeiten jetzt erst richtig auf, die sie ausgemacht hatten. Ihr gütiger Blick, ihre wachen, schönen braunen Augen, ihre Geduld, ihre Fürsorge.

»Hier, nehmen Sie.« Elwood Paynes reichte ihm ein Taschentuch.

»Danke…«, Mark wischte sich die Tränen ab und holte stoßweise Luft, »…was ich noch immer nicht verstehe: Was hatte sich Gary dabei gedacht, Jana zu verschleppen? Ich meine, das war doch klar, dass es irgendwann auffliegen würde.«

»Für jeden normalen Menschen ja. Psychopathen ticken aber ganz anders. Durch den frühen Verlust seines Vaters wurde Gary von der Angst gequält, nicht geliebt und abgewiesen zu werden. Seine Mutter flüchtete sich in den Alkohol. Ich habe vor einigen Tagen mit der Psychologin gesprochen, bei der Gary ein paar

Wochen in Behandlung war. Er hat die Therapie eigenmächtig abgebrochen.«

»Das mag ja alles sein, Mr. Paynes. Aber ich kann diesen Scheiß von wegen schwerer Kindheit nicht mehr hören.«

»Ich verstehe Sie gut. Auf keinen Fall will ich sein Verhalten entschuldigen, ich will es nur erklären. Den endgültigen Knacks muss Gary bekommen haben, als seine erste große Liebe ihn Hals über Kopf verlassen hat.«

»Woher wissen Sie das?«

»Sie hat es ausgesagt, ich habe die Protokolle gelesen. Außerdem hat er in seiner Wohnung ein Tagebuch hinterlassen.«

Elwood Paynes holte einen Zettel aus der Tasche. Eine Kopie des Tagebuches von der entscheidenden Stelle.

Keine Frau wird mich mehr verlassen. ICH bestimme darüber. Das schwöre ich beim Tod meines geliebten Vaters.

Jana stand plötzlich neben ihnen.

»Ist das von Gary?«

»Ja.«

»Darf ich es lesen?«

»Natürlich.«

Jana las es aufmerksam durch.

»So ein Arschloch. Über seinen Vater wollte er nie reden, da hat er immer dicht gemacht, wenn ich ihn darauf angesprochen habe. Mr. Paynes, darf ich Sie etwas fragen?«

»Sicher, was denn?«

»War es meine Schuld, also, hätte ich erkennen müssen, dass er verrückt ist?«

»Nein, das darfst du nicht mal denken. Solche Psychopathen sind Meister darin, sich zu verstellen.«

Jana fing schrill an zu lachen.

»Wem sagen Sie das, in der Theatergruppe wurde ihm großes Talent bescheinigt, er hätte es bis nach Hollywood schaffen können, meinte unsere Leiterin.«

Der Besitzer der Yacht gab den Anwesenden ein Zeichen.

»Wir sind soweit, hier ist die Stelle.«

Über ihnen ragte die mächtige Golden Gate Bridge in die Höhe, der erste große Pfeiler direkt voraus. Genau der Ort, an dem Kati auf das Wasser aufgeschlagen sein musste.

Jana nahm unter Tränen zwei langstielige Rosen in die Hand, gab ihrem Vater eine davon.

»Wollen wir?«, war das Einzige, was sie schluchzend hervorbrachte. Mark nickte nur und schaute aufs Wasser.

»Kati, du hast nicht nur unsere Herzen berührt, du wirst auch immer in unseren Herzen bleiben.«

Beide warfen ihre Rosen ins Wasser. Der Yachtbesitzer betätigte das laute Signalhorn, das durch Mark und Bein ging.

Ende

Dank

Mein Dank gilt in erster Linie meiner neuen Lektorin Elke Krüßmann, die geduldig meine vielen Fehler beseitigte und dafür sorgte, dass das Buch sehr viel besser wurde.

Die Idee zu der Geschichte entstammt der Tatsache, dass meine 16jährige Tochter tatsächlich ein Austauschjahr in Belfair im Bundesstaat Washington verbrachte. Ich holte sie wie vereinbart im Sommer ab, um die im Buch beschriebene grandiose Rundreise zu starten. Sie war nie ein Teil einer Verschwörung und erfreut sich nach wie vor bester Gesundheit. Ihre tatsächlichen Gasteltern sind nicht so wie sie im Buch dargestellt werden. Ganz im Gegenteil, es sind sehr gastfreundliche und herzensgute Menschen.

Die Charaktere in »Ausradiert« kommen allein aus meinem kranken Kopf.

Ich fragte mich, was wäre, wenn meine Tochter nicht auftaucht, wenn jeder so tut als wäre sie nie dagewesen. Was hätte alles passiert sein können?

In diesem Fall bin ich sehr froh, dass es sich um den Konjunktiv handelt ;)

Ein weiterer Thriller von Andreas Adlon, "Ausgehandelt", wurde inzwischen über 10.000 mal bei amazon runtergeladen und stand über 60 Tage in der amazon top100 Bestsellerliste.

http://www.amazon.de/dp/B007JV9NS8/

Thomas Behrends verwirklicht seinen Lebenstraum. Er arbeitet als Börsenmakler an der Wall Street. Das Glück an der Seite seiner Frau und seiner kleinen Tochter scheint vollkommen. Durch eine verhängnisvolle Order löst er einen Börsencrash aus.

Sein Leben gerät aus den Fugen. Drogen und Hacker übernehmen das Ruder. Als dann noch ein Freund unter ungeklärten Umständen ums Leben kommt, beginnt für den Deutschen ein schier aussichtsloser Kampf…

Leserstimmen:

"Wow. Diese Geschichte hat mich voll gepackt, auch wenn ich nicht soviel von der Materie verstehe. Es gibt viele Cliffhanger in "Ausgehandelt", aber Sch**** sie funktionierten. Ich konnte das Buch nicht aus der Hand legen und habe es an einem Tag in einem Rutsch durchgelesen. Die Erinnerungen an die große Lehmann Pleite waren ständig präsent und der große Verlust von JP Morgan letzte Woche bestätigen nur: In dieser Branche haben sie wirklich gar nix dazu gelernt. Ich hätte nicht gedacht, dass ein Wirtschaftskrimi so spannend sein kann."
Niels Rudolph

"Packendes Thema, kurzweilig geschrieben, ich habe mich keine Sekunde gelangweilt. Eigentlich erschreckend, wie wir manipuliert werden können. Ich würde mich über mehr Bücher dieser Art freuen."
Katrin R.

"Ein wirklich wunderbar geschriebener Thriller. Er ist gut recherchiert, der Schreibstil gefällt mir. Eine interessante Story, die Lust macht, mehr von diesem Autor zu lesen."
Atrophos

"Auch ich bin mehr oder weniger zufällig durch eine Gratis-eBook-Aktion auf 'Ausgehandelt' gestoßen. Und ich bin begeistert, auch wenn ich mich eigentlich so gar nicht für das Thema Börse interessiere. Die Geschichte ist super spannend, der Schreibstil einfach und doch mitreißend. Jedes Kapitel wirft neue Fragen auf, sodass es mir zwischendurch echt schwer fiel, den Reader aus der Hand zu geben.
Super Geschichte, auch für die die kein Börsenwissen mitbringen."
Katrin Bolte

"An und für sich, gehören Triller über die Börse und Co nicht zu meiner bevorzugten Lektüre. Das Thema ist mir meistens zu trocken.Dem Autor hier,ist es gelungen---Interesse zu wecken. Die Dialoge sind weder ellenlang,noch zu reisserich.Anschaulich wird erklärt,was Sache ist--so dass man sich das Ganze gut vorstellen kann.,Der "Krimi"ist zeitnah geschrieben und weckt den Appetit auf mehr...Interessant wäre es für mich,wenn der Autor,das ganze mal aus der Sicht einer weiblichen Hauptperson abhandeln würde."

Ingrid Schmid

Buchempfehlung für alle Freunde von Action-Thrillern

http://www.amazon.de/dp/B0090OL0RY/

Ein Top 20 Bestseller Krimi/Thriller-Bestseller

Er liebt nur Hunde und keine Menschen.
Er will in Frieden leben und nicht mehr töten.
Er denkt an eine ruhige Zukunft.
Doch seine Vergangenheit holt ihn ein.

David Stein der bekannteste Hundefluesterer von Mallorca glaubt nicht mehr an die Liebe. Er glaubt auch, dass er seine dramatische Vergangenheit begraben hat, doch er irrt sich. Auch Leyla Khan vergisst auf ihr Leben bei der Jagd nach Geld. In einer Villa in Südfrankreich kreuzen sich ihre Schicksale und beide wissen, dass nur einer von ihnen als Sieger überleben wird.

Mit David Stein haben B.C. Schiller einen interessanten Charakter erschaffen, der mit seiner mentalen Stärke nicht nur Hunde trainiert, sondern diese Kraft auch dafür einsetzt, um seine Gegner zu besiegen. Der Hundeflüsterer ist ein rasanter, vielschichtiger Thriller der an internationalen Schauplätzen spielt und darüber hinaus durch die psychologische Zeichnung der Protagonisten überzeugt, die so manche Handlung in einem gänzlich anderen Licht erscheinen lässt ...

Leserstimmen:

"Ein Glücksgriff auf dem ebook Markt...die Geschichte ist super spannend und schlüssig aufgebaut" - Patricia Stute

"Einfach grandios...die Seiten griffen nach mir, die Sätze lockten mich, die Handlung machte mich unfähig zu widerstehen. Grandios ausgearbeitet von Anfang bis zum Ende" – Mika

"WOW - was für ein spannender Agententhriller...mit David Stein haben B.C.Schiller einen wirklich außergewöhnlichen Menschen geschaffen, der mir sehr gut gefällt - Kathrin Bolte

"Immer wenn ich glaube, ich weiß wie es weitergeht, geht die "nächste Bombe" hoch – Peter L.

"Der Thriller hat alles, was nach gutem, alten Hollywood-Rezept funktioniert: einen Helden, der keiner sein möchte; eine sexy Gegenspielerin und eine verdammt packende Story. Das alles macht dieses Buch zu einem Sahnehäubchen unter den Thrillern" - Sophie Haag

"Der Hundefluesterer ist ein absoluter Pageturner und garantiert 100%-igen Lesespass" - M.R.

"Hart, direkt, spannend. Klare Leseempfehlung" - Krimi&Co

"Ein packender Thriller, den man kaum wieder aus der Hand legen kann" - H.R.

Buchtipp: »50 kg weg ohne Verzicht oder Uffbasse, Abnemme«

http://www.amazon.de/dp/B006Q2PAIS

Andreas Adlon: »Ich lache selten, wenn ich ein Buch lese, aber bei diesem Werk konnte ich einfach nicht anders.«

Lena Glück: »Was ist mir als Rubens-Model alles widerfahren? In welche prekären Situationen habe ich mich begeben? Mit welchen Diät-Methoden hatte ich zu kämpfen, und wie habe ich es doch geschafft, 50 Kilo abzunehmen? Die Antworten zu diesen Fragen erfahren Sie auf ironische und humorvolle Art in meinem eBook »UFFBASSE ABNEMME oder Lach dich schlank!«.

Bonus-Material

Folgende Kurzgeschichte wurde von Andreas Adlon in "Traumnetze"veröffentlicht

Eingeschlossen in Manhattan

Ein Monstersturm war angekündigt worden. Seit Tagen beherrschten die Meldungen über den herannahenden Sturm „Sandy“ die Medien. Die Wetterfrösche hatten ihn „Frankenstorm“ getauft in Anlehnung an Frankensteins Monster. Mit einer Ausdehnung von 1.500 km sollte dies der zweitgrößte von Menschen aufgezeichnete Sturm aller Zeiten werden. Nachdem er große Verwüstungen in der Karibik angerichtet hatte, war nur noch die Frage, wo genau er an der Ostküste auf Land treffen würde.

Haile Moutombo aus Äthiopien war 14 Tage vor dem New York Marathon angereist, um sich zu akklimatisieren. Er galt als einer der Topfavoriten für den größten Marathon der Welt, der dieses Jahr am 4. November stattfinden sollte. Zum ersten Mal besuchte er die Stadt, die niemals schläft.

Viele New Yorker folgten der Aufforderung von Bürgermeister Michael Bloomberg und verließen die Stadt und suchten eigens eingerichtete Notunterkünfte auf im Landesinneren auf. Der Evakuierungsbefehl galt insbesondere für alle Bewohner Manhattans südlich der 42nd Street. Hailes Hotel, das Running Inn, befand sich in er 15th Street.. Der Wind machte ihm nichts aus. So beschloss er, trotz des herannahenden Sturmes seinen abendlichen 10 Kilometer Lauf durchzuführen. Das Gute an Manhattan war: Man musste nur lange genug in die gleiche Richtung laufen und man kam immer automatisch ans Wasser. So verließ der afrikanische Läufer sein Hotel Richtung East River. Den Stadtplan von Manhattan hatte er zuvor genau studiert.

Der Wind blies im stärker ins Gesicht als er vermutet hatte. Aber er genoss es, wie seine Lungenflügel gierig die frische Luft aufnahmen. Am East River angekommen, hielt er sich rechts bis er die Staten Island Fähren erreichte, die, genau wie die gesamte New Yorker U-Bahn, ihren Betrieb eingestellt hatten.

Haile fand den Anblick des peitschenden Wassers nicht als Bedrohung. Auch nicht als er sah, dass der Sturm das Wasser des Hudsons auf die Südspitze Manhattans drückte.

Ihm bot sich fast ein surrealer Anblick. Das Meer schien böse zu sein auf New York. Der sogenannte „landfall", das Auftreffen des Sturms auf Land war für Mitternacht vorausgesagt worden. Seine Pulsmesser verriet ihm auch die aktuelle Uhrzeit: 23:13 Uhr.

Sein Weg zurück führte ihn durch die Häuserschluchten von Manhattan über die Broad Street, die weniger bekannt war als der Broad Way, vorbei an der alt ehrwürdigen Wall Street, die morgen aus Sicherheitsgründen nicht öffnen würde. Vor dem Eingang hatten sie sogar die übliche überdimensional große US-Flagge abgenommen, damit sie nicht dem Sturm zum Opfer fiel.

Kaum eine Menschenseele kam Haile Moutombo entgegen. Vereinzelt sah er ein gelbes Taxi vorbeirasen. Eines dieser Taxis hätte er beinahe übersehen und durch den immer stärker werdenden Wind auch nicht gehört.

So langsam begann der Wind, ihm Angst zu machen. Er lief weiter zum Ground Zero, der Platz an dem der neue Freedom Tower fast fertig gestellt war und an die Zwillingstürme erinnerte.

Plötzlich ein ohrenbetäubender Lärm, eine Explosion wie in einem Hollywood Action Film. War das wieder ein Anschlag, eine Autobombe?

Es konnte nicht weit entfernt von Ground Zero gewesen sein. Plötzlich gingen die Lichter aus. Die Wolkenkratzer verloren ihre schmucke Nachtbeleuchtung. Einer nach dem anderen.

Haile schallte sich einen Narr, da er keine Taschenlampe mitgenommen hatte. Er konnte kaum die Straße erkennen und stolperte im Laufen über einen Ast, der von einem Baum losgerissen sein musste.

Sein Fuß war eingeklemmt und Haile saß im kalten Wasser. In jenem Wasser, das eigentlich in den Hudson River gehörte. Das Fußgelenk tat ihm höllisch weh, damit würde er auf keinen Fall den Marathon laufen können.

„Hilfe. Hilfeeeee!"

Haile Moutombo, dem am Sonntag Millionen Zuschauer zujubeln sollten hörte an diesem Abend keiner.

Das Wasser stieg weiter an. Haile fror. Er hatte keine Fettschicht, die ihn wärmen konnte. Die Straße neben ihm war für die gelben Taxis total unbrauchbar geworden. Durch die Wassermassen kam keines mehr durch.

Hektisch versuchte er wenigstens sein Bein irgendwie zu befreien. Er lag jedoch so verkantet da, dass er mit seinen Armen das den eingeklemmten Fuß nicht mal ansatzweise erreichen konnte.

Vom Schreien war seine Stimme schon ganz heiser geworden. Der Wasserspiegel stieg weiter an. Unaufhörlich. Erbarmungslos.

An ein Aufstehen war noch nicht mal zu denken. Bis zu den Schultern lag Haile Moutombe im Wasser.

Es konnte doch nicht sein, dass ein Weltklasseläufer eine Woche vor dem größten Marathonereignis der Welt in Manhattan jämmerlich ersoff.

Warum war er nicht einfach im Hotelzimmer geblieben?

Die offiziellen Stellen hatten immer wieder davor gewarnt, die Häuser nicht zu verlassen. Der Sturm sei ernst zu nehmen und berge eine tödliche Gefahr in sich.

Was würde aus seiner Familie in Äthiopien werden? Er war der einzige Versorger. Mit seinen Preisgeldern hatte er sie aus dem Elend geholt und dafür gesorgt, dass sie in seinem Heimatland ein anständiges Leben führen konnten.

Sein Zittern bemerkte Haile gar nicht mehr. Das Wasser war so verdammt kalt. Wenn das Wasser in gleicher Geschwindigkeit weiter steigen würde, hätte seine letzte Stunde gerade geschlagen. Das Wasser stand ihm nun buchstäblich bis zum Hals. Ein Vermögen hätte er jetzt für eine beschissene Sauerstoffflasche ausgegeben wie ihn die Taucher benutzten.

„Wenn mich einer hören kann, ich bin eingeklemmt und ertrinke“,

Keine Reaktion.

„*Bitte helft mir!*" brüllte er wie am Spieß

„Was schreist du denn so rum?"

Seine Frau rüttelte Paul Schweigert an der Schulter. Am Wochenende wollte er sich, wie jedes Jahr, die Übertragung des New York Marathons anschauen. Sein großes Idol Haile Moutombo bewundern, daheim im kuschelig warmen Deutschland.

„Ich habe vielleicht einen Scheiß geträumt."

„Habe ich gemerkt, seit 30 Minuten gucke ich die Berichterstattung über die Auswirkungen des Sturmes Sandy im ARD-Morgenmagazin. Du, da ist sogar ein Umspannwerk in die Luft geflogen."

„Ich hab's gehört."

Die Kurzgeschichtensammlung ist auch als Taschenbuch erhältlich:

http://www.amazon.de/dp/1480238880/

3060968R00173

Printed in Germany
by Amazon Distribution
GmbH, Leipzig